# β的我為了活下去只好裝Ω了

Author ▶ 淇夏
Illustrator ▶ MU

# CONTENTS

# Chapter 1

## 霸道董事長愛上我…？

——「田樂。」

男人的聲音一次一次地在耳邊迴盪，平靜的、溫柔的、迫切的、悲傷的、眷戀的……每一次的呼喚都帶給他深刻的感受，好像自己真的在男人的身邊一直陪伴著他，一些模糊的畫面跟著浮現，富麗堂皇的皇宮、誇張華麗的服飾、揮舞的長劍、忠誠的騎士以及……男人孤單的背影。

轉瞬間，賴田樂好像又聽見男人的呼喚，田樂、田樂、田樂……從孩子的他、少年的他、青年的他，他一直一直在前方等著賴田樂。

自己卻到不了那裡。

他彷彿被什麼東西絆住，無法踏出一步也看不清楚男人的樣貌，想要呼喚男人的名字卻開不了口，他的名字是什麼？想不起來，應該要記得的，怎麼能忘記？怎麼能、怎麼能——

賴田樂醒來了。

他揉著眼睛坐起身，確認時間後緩慢地爬起來梳洗，週日的行程為白天咖啡廳，晚上酒吧，大概要忙到凌晨三、四點才能回家，休息一會後要馬上趕到搬家公司報到，一個禮拜有七天，整整七天賴田樂都在工作，但一定都會抽出時間去看他的妹妹，丁恬渝。

而那些該死的、自以為高尚的親戚們總愛阻撓。

因為他是一無是處的β，丁恬渝則是優秀的α，一個欠債的β怎麼可能照顧得了正要上大學的α，請不要耽誤丁家α的前途……吧啦吧啦，真是一群老不死的傢伙，賴田樂唾棄地想，雖然他確實和丁恬渝沒有血緣關係，但她依然是他的妹妹，所以他更想要帶他親愛的妹妹脫離那糟糕的環境。

唯有α至上的家族，可笑至極，現在可是崇尚自由的年代，丁恬渝的母親丁曉唯正是Ω，天曉得她在那種家族裡遭遇了哪些不合理的待遇，滿是傷的Ω帶著孩子逃了出來，恰巧遇到他的父親，賴光悅，兩人同為Ω，卻在相處間對彼此產生不一樣的情愫，漸漸地走在一起，不畏世人的目光。

雖然以前那種Ω是稀有、需要加強管控保護的年代已經過去了，人們依然認為Ω和α在一起才是最好的，畢竟與生俱來的本能就是如此，可隨著抑制劑普及和相關法規制定，Ω也已經不是只屬於弱勢的角色，甚至有些人以Ω的優勢提升地位，於是沒什麼用處的普通β便頂替Ω以前的位置，遭人輕視、小看都是現今理所當然的事情。

當然那是只有爛人才會做的事情，現在講求的正是人人平等，性別比例也差不多一致，沒有誰特別多或特別少，只有部分人士還在講求優性基因。

例如丁家。

賴田樂想到就氣，光是和許久沒見的妹妹重新培養感情就是一件難事了，那群人倒是增加了事情的難度，真是謝了，但他現在可是個大有前途的年輕人，再勤奮點賺妹妹的學費也沒有問題，何況他身上的債務在前幾天被告知還清了。

現在回想起來還是覺得很不可思議，以至於賴田樂開始懷疑自己是不是遇到高級詐騙，可是打電話去問依然是那個回答，對方甚至求他不要再打來，還清就是還清了，好像不想再和他扯上關係。那個超級合他胃口的帥氣男人到底做了什麼，為什麼這麼做，賴田樂都還不知道。

他們相遇的那天，賴田樂被美色蒙蔽雙眼，連要去找妹妹都忘了，糊里糊塗地被男人拉著走並且一起吃了頓晚餐，過程中對方也沒有說什麼，只是要他先好好吃飯，其餘的之後再說，賴田樂先是懷疑，但環顧四周，普通的小吃店是能做什麼？甚至這家店的老闆他也認識，他還尷尬地向老闆解釋這帥哥是他朋友。

朋友。

在講出這個詞時，男人的目光直直地射向他，賴田樂差點噎住，假裝沒看到，既然他無意先說來意，賴田樂也沒打算多說，總之這頓飯在微妙的氣氛下結束了，久違吃飽的賴田樂心情好，本來想放下身段主動開啟話題，畢竟一看就知道男人寡言又悶騷，然而在接下對方的名片後，才正要打開的心門立即重新鎖緊。

名片上面寫著亞勃克集團董事長，夏德。

哈？

於是賴田樂馬上找個理由逃走了。

又不是什麼霸道總裁的情節！喔不，是董事長……這肯定有詐！賴田樂想，不管怎樣一定有！

亞勃克集團據說是國內首富趙彥的兒子所創，雖然本來就有背後的資金幫助，但它在短短幾年內便迅速成長為國內首屈一指的大型企業，年紀輕輕事業有成，家族財產豐厚，本人甚至是稀有的極優性α，如此優渥的條件，幾乎是人人都想釣到的金龜婿。

有夠老套。

根本是老套愛情小說劇情裡才會出現的人物，這不是有詐不然是什麼？

賴田樂看過很多霸總文學，一點也不認為自己有哪一方面可以讓他提起興趣，也不記得自己和那種人見過，長得如此優秀又完美符合理想型的人，如果真的見過，他怎麼可能會不記得。

那麼這樣的人，究竟為什麼會想和他扯上關係？難道跟他的妹妹有關嗎？

夏德。

可是他的名字聽起來莫名有股親切感，與夢裡的男人一樣都讓他有種熟悉的既視感，但那終歸是夢，賴田樂不至於夢境與現實分不清楚，他想可能是最近小說看得太入迷了才會做那種夢，現在更重要的是，要不要主動和那個男人聯繫再次談談？

仔細想想就算那是什麼新的詐騙手法，夏德幫他還清債務也是事實，總要搞清楚他的目的是什麼再決定下一步該怎麼做。

賴田樂在出門前先把之前收到的名片放進口袋，打算等到工作空檔再來試著聯繫，沒想到那人直接出現在他工作的咖啡廳，偏偏又是什麼都沒有說，點了一杯黑咖啡在角落的位置坐上一整天。

什麼啦董事長很閒嗎？

他高壯的身材和帥氣的模樣一進門就吸引許多人的注意，更何況任誰都能察覺得出來極優性α的強烈氣息，就連β的賴田樂也能感受到不一樣的壓迫感，而他冷漠的眉眼更是散發一股生人勿近的訊息，但也有不少人鼓起勇氣搭訕，賴田樂全程看著，男人完全不理會，任對方繼續說，識相的人自然離去，臉皮厚的呢？逕自地在他的對面坐下來，若有似無地散發著Ω的甜味。

這下夏德終於有了反應，他皺眉，彷彿絲毫不受影響，只是嫌棄，接著抬眼尋人，視線定在櫃檯看戲的賴田樂身上，賴田樂疑惑，確認男人是看著自己之後，猶豫幾秒才將櫃檯交給其他人，硬著頭皮上去幫忙解圍。

「夏德先生，這是給您的草莓蛋糕。」

賴田樂阻擋了那位Ω企圖伸過來的手，他將蛋糕卡在中間放著，完全沒有給Ω說話的機會，單手撐在桌上擋住夏德說：「抱歉喔這位姐姐，妳面前的α已經有Ω了，嗯——等等，先不要生氣嘛，不介意的話，要不要考慮我？」

他傾向那位漂亮的Ω，歪著頭將頭髮撥到耳後，眼神帶了點侵略性，掀起眼簾對上視線時則馬上露出笑容，撒嬌似地道：「我也不錯呀，漂亮姐姐。」

Ω先是傻愣，後是惱羞，像是不敢相信自己會對β心動，賴田樂的舉動更是說明了夏德不可能看上她，她氣憤地走了，賴田樂還揮著手目送她，一邊後退小聲地向夏德說道：「看到沒有，那位小姐一看就知道不屑β……只喜歡您這種極優性α——」

濃烈的酒香朝他撲來，是帶有花香氣息的威士忌。

賴田樂忽然腿軟，等回過神來他又站好了，男人扛住他的手也收回去，賴田樂剛要道謝，回過頭卻見對方黑著臉坐在位置上盯著他，好像他做了什麼罪該萬死的錯事。

「您、您的心情看起來很不好，怎麼了？她那麼不好聞嗎？」

「我這是見識到了。」

「什麼？」

夏德的視線不曾移開，他幾乎是咬牙切齒地道：「你有多受歡迎。」

「耶？」

「一點的時候，有一位來點餐的α留了電話號碼給你。」夏德拉住賴田樂，讓他與自己同個視角，「還有坐在窗邊的β來之後時不時在觀察你的舉動，然後現在，你在我面前勾走了那位Ω，田樂。」

男人理直氣壯的譴責態度讓賴田樂不由自主地感到心虛，可照理來說他又沒有做錯事情，先是反駁：「我、我是在幫您，您不是向我求助嗎，夏德先生？」

「謝謝，但我希望你能用其他方式。」

莫名其妙。

對於夏德的指責賴田樂不禁來氣，開始撇清關係：「不是，這位先生，我跟你又不是說很熟——」

「現在開始會熟的。」夏德凝望著賴田樂，輕輕握住他的手指問：「我等你很久了，為什麼都不聯絡我？」

不是。

這位本來是霸道董事長，應該會說些什麼『女人，你提起我的興趣』蠢話的傢伙在做什麼。

為什麼在散發可愛委屈光波！為什麼！心臟啊跳慢點！

賴田樂努力遏止心動的感覺，他越來越無法猜透此人的目的，眼前的人和印象中的優性α很不一樣，而且只對他不一樣，短短幾分鐘的交談賴田樂便意識到自己或許和其他人不同，別人想要主動靠近夏德，夏德卻在主動靠近他。

「……我有要找您。」賴田樂慢吞吞地說，「只是沒什麼時間，而且老實說，您很可疑。」

「確實，不過我已經盡量以溫和的方式接近你了，那天，也任由你以笨拙的理由逃走。」

夏德思忖幾秒，拿起手機發了條訊息後讓賴田樂回頭看，來人即是他的老闆，老闆露出燦爛的笑容彎腰點頭，親切地打招呼：「夏德先生。」

夏德抬手制止老闆的親切靠近，向傻愣的賴田樂補充說明：「我前些日子向你的老闆買下了這家店，不知道這能不能證實我的身分並無虛假，另外還有身分證、手機都可以給你確認，希望這些能消除你對我的疑心。」

賴田樂接過他的身分證，確認他的名字和父親名趙彥後連著手機退還回去，原本打算要說些什麼的，可他放棄了，只看了眼自己的老闆，老闆倒是讀懂了氣氛，笑著揮揮手離開。

「好、好吧，可是今天……」賴田樂掙扎，爾後毅然地道：「還是沒辦法跟您詳談，我晚點要去其他地方。」

「酒吧嗎？」

「呃、對……等等，你怎麼知道？」賴田樂忍不住抗拒，皺眉質問：「你調查我嗎？」

「你週一到週日的行程我都知道，很抱歉我事先調查了你，但我是真的很需要你的幫助才這麼做。」夏德有條不紊地進行解釋，態度也顯得真摯誠懇：「你願意給我點時間解釋嗎？」

聽起來並不像謊言，賴田樂反倒困擾了起來，思考一會勉強做出妥協，說：「我下班後有一點空檔，只是不能久聊，都這個時間了我不能臨時請假。」

「你可以選擇辭職。」

真不愧是董事長的發言。

賴田樂忽然又覺得這人非常沒有禮貌，不能因為他長得帥氣又是理想型而倒戈，「夏德先生，我不是很能理解你這麼說的原因。」

「那我可以直接說嗎？」

「您請。」

「我想包養你。」

喀啦。

冰塊融化了。

蛋糕上的草莓也在同時間虛無地倒下。

賴田樂聽到同事的呼喚才回過神，他一時之間不知道該說些什麼，也拿不準對方到底是不是認真的，又或者是自己的幻聽？總之他留下一句『等我下班』後便落荒而逃，回到自己的崗位上忙碌，又一次，他又在男人的面前逃走了。

賴田樂也想過這人可能只是假扮成亞勃克集團的人狐假虎威，畢竟誰也沒看過那年輕的董事長，再怎麼樣謠傳裡的極優性α也只不過是他們小老百姓茶餘飯後的八卦話題，怎麼可能真的出現在他的眼前，現在可好了，這男人直接在他的眼前將他工作的地點買下來。

霸道總裁裡的劇情都是真的。

哪天他一定要和丁恬渝分享分享，現實中的霸道董事長。

看，男人光是坐在那裡的氣場很明顯就與他們完全不一樣。

走路的步伐、說話的語調、低沉的嗓音、抬手就能顯現出肌肉形狀的臂膀、強勢的α氣息、掀起眼簾注視著他的目光、一口咬下草莓還向著他露出意猶未盡的模樣……賴田樂猛地撇開視線，滿臉通紅地意識到自己好像暈了。

好暈，暈爆，要倒戈。

彷彿躺平讓對方直接帶走包養也沒有問題。

賴田樂後知後覺地回憶著剛才的對話以及互動——好帥、太帥、好像是吃醋的質問超沒問題很可以、委屈的問法也好可愛！而且好有錢好有氣魄！理想型！活生生地在眼前……！

好。

不管究竟是不是詐騙。

先吃掉這個天菜再跑他就贏了。

美色當前，智商重新歸零，先前所有的顧慮已經被拋到腦後，賴田樂表示讚，他就膚淺，反正債都還了，聽聽這人幫助他的理由也不是不可以，順便再勾引一下，他也沒有什麼可以失去或被騙走的任何東西，除了他的妹妹，為了接近丁家先靠近他也是很有可能，到那個時候賴田樂會不顧一切地先給那傢伙一拳。

他絕對不會放過任何試圖以不正當管道接近他妹妹的人，但如果……夏德是真的需要他個人的幫助，他願意跳進去好好享受一番再回頭，回頭面對屬於β的生活。

賴田樂這下終於明白自己沒有談過戀愛的原因了，一定都是為了等待這麼優質的理想型來開局——被董事長包養的日子，光想想就覺得快樂，可以的話說不定還能直接負擔妹妹的學費，挫挫丁家的銳氣。

現在要做的就只有假裝矜持，欲拒還迎。

「我只有十分鐘的時間能聽你說，沒有要辭職，我還滿喜歡酒吧的工作的，所以等會不能遲到。」

賴田樂在下班收拾後便一屁股坐在夏德的對面開口談判，對方卻笑了，賴田樂傻愣在對方稍縱即逝的輕笑中，以至於接下來的十分鐘他什麼話都沒有聽進去，到了手機計時響起他才抬起手坦然道歉：「抱歉，十分鐘到了，但你剛剛說了什麼我都沒聽到。」

夏德挑眉，問：「看來是我開的條件不夠？」

「不是。」賴田樂試了一會才把視線定在那張臉上，他摸著自己逐漸發熱的臉，深吸口氣後說：「你不要誤會，但就、你剛才笑得太好看……忍不住失神了。」

夏德微愣，隨即從口袋裡翻出一排藥丸，拆出三顆放進嘴裡咀嚼啃咬，這發展並不在賴田樂的預想當中，按捺不住好奇心問：「夏德先生，請問您這是……？」

「避孕藥。」

「欸？」

「它能夠幫助我抑制住騷動的信息素。」夏德不知不覺地牽制住賴田樂放在桌上的手，他輕撫過手背，牽起手指，然後十指緊扣，「畢竟要是不小心激動起來，誘發強制發情就不好了，而且這還是你工作的地點，不太好，是吧？」

賴田樂有點不懂這和β的他有什麼關係，但被扣緊的手抽不回來，緊張之下只能先附和他：「……是？」

「既然你沒有聽清楚，那我直接說出結論。」

「請說。」

「我現在可以把你扛回家了嗎？」

氣息猛地抓上他的腳，一點一點地爬上來，試圖將他完全籠罩，賴田樂瞬間感受到屬於極優性α的強勢基因，他突然動彈不得，呼吸好像也被強灌烈酒，使他暈乎乎地搞不清楚方向，只好依靠男人移動。

賴田樂貼著男人的胸膛，炙熱的溫度似乎也要將他燃燒起來，強健的心跳聲噗通有力，賴田樂不禁沉醉了，醉在這帶有花香氣息的威士忌裡頭，花草的淡雅與嗆辣的烈酒混在一起形成極優性α的香氣，灌暈了身為β的他。

「田樂，你要遲到了。」

賴田樂又是恍神，意識過來的時候發現自己已經被夏德牽到外面，兩人停在一台黑色的高級轎車旁，他怔怔地回過頭，見對方幫他拿著背包和提袋，賴田樂很是困惑地問：「什、什麼？」

「酒吧的工作，我跟你去，等你下班。」夏德拉著賴田樂的手，在他攤開的掌心上放上一串鑰匙，說：「你要是不放心，給你車鑰匙，你開。」

賴田樂依然沒有進入狀況，呆呆地接受車鑰匙，此刻的男人正往他這邊靠過來，他下意識地抵住，夏德卻只是看著他道：「畢竟這是你最後一天工作，有始有終地做完吧。」

「……我還沒答應你呢。」賴田樂伸手拿回自己的後背包和提袋，將車鑰匙還給主人，紅著臉垂下視線小聲地嘟噥：「還沒答應，嗯。」

夏德的拳頭突然往車頂一砸，響聲讓賴田樂嚇了一跳，不禁抓緊背包縮小自己，對方則平靜地道：「有蚊子。」

「好、好的。」

「上車。」

「是。」

不知不覺就乖乖聽話了。

坐上柔軟又寬大的副駕駛座後賴田樂才驚覺不對，但隔壁男人開車的模樣又讓他小鹿亂撞，小鹿根本是迷失方向胡亂衝撞，賴田樂想讓自己冷靜下來，希望可以趕快澆熄愚蠢的戀愛腦袋而主動道：「再麻煩您說一次吧，幫我還清債務的理由。」

「想包養你。」

「不好意思。」賴田樂再次親耳聽見那句話還是差點被自己的口水噎住，「這、這部分我已經聽過了。」

「我是浪漫主義者。」

「哈……？等等，夏德先生，我好像沒說要走哪條路……」賴田樂一頓，回想自己應該是被調查完了，窩進椅背又道：「算了，是我多問，是說這樣隨便對人身家調查是可以的嗎？」

「田樂。」

「嗯？」

「我有錢。」

……真是好好地說明了有錢萬能這回事。

賴田樂到現在還是很混亂，但他不想展現出來，裝作不在意的樣子望向窗外，再次開口：「這樣說好了……你找我的原因應該跟我妹沒有關係吧？如果是的話，我不會——」

「你是指丁恬渝嗎？如果你想，我可以幫你處理丁家，有很多種辦法可以讓他們閉嘴，但你想和你妹妹住的話可能有點困難，因為我只想和你同居，住隔壁倒是可以。」

夏德停在路邊，熄火的同時轉頭凝視著賴田樂，替他解開安全帶，湊近時說：「負擔你妹妹的生活費還是學費都沒有問題，到時候等她畢業，看她之後想去哪我們再和她討論，一切都以你還有你妹妹的意願為主。」

賴田樂的理想型還有最後一個條件。

一定要對他的妹妹很好很好。

所有的困難落在這個男人身上好像一下子就能解決，賴田樂說不上來現在的心情，彷彿一直繃著的弦斷掉了，可此刻斷掉了也無所謂，意願？真的可以全部都說出來嗎？父親失蹤時的無助、繼母去世時的衝擊、因為自己的無能而被迫帶走的妹妹……他們甚至不讓丁恬渝出現在母親的葬禮上，說什麼離家出走擅自死去的人已經不是丁家的人，他永遠記得年幼的丁恬渝哭著朝他伸出手的瞬間，為什麼沒能抓住、為什麼自己是β、為什麼那天讓他一個人孤零零地送走母親……！

賴田樂倏地抬手推開夏德，垂下來的眉眼看起來十分委屈，他悶悶地問：「你什麼都知道嗎？」

「嗯。」夏德適時地退開，靠在方向盤上持續望著賴田樂，溫柔低語：「只要你想，我什麼都能幫你實現，田樂。」

前面有一塊不知道是不是毒的糖，看起來很甜，特別誘人，賴田樂卻止步於此，將手中的提袋塞給夏德後迅速地下車，在關上門前彎下腰，對上夏德的視線時又忍不住撇開，說：「等等再繼續說吧，等待的時間你可以進來坐坐，這家是會員制，袋子裡有我的招待券，你拿著那個就可以進來了，願意的話我請你喝幾杯。」

「還有，那草莓蛋糕留給你墊墊胃……」賴田樂鼓起勇氣看向夏德的眼睛，小心翼翼地問：「我看你下午吃得挺香的，不喜歡嗎？」

夏德看了眼懷裡的袋子，彷彿怕誰搶走似地伸手壓緊，賴田樂很明顯地拉開他們之間的距離，不過沒關係，他已經等了很長的一段時間才來到他的身邊，賴田樂近在咫尺，就在他伸手能碰到的距離，沒有人能夠阻擋他靠近了。

於是他直勾勾地望向賴田樂說：「特別喜歡。」

◆

酒吧裡面比想像中還要安靜。

人們的聲音混雜在低調悠長的音樂中，每個人躲在昏暗的照明下享受夜晚的時間，前來狩獵的α氣息尤為張揚，也有一些Ω釋放出自己的信息素勾引合意的α，酒吧有著屬於自己的制度，看對眼的人可以立即到上面的房間享受激烈的夜晚，但這裡也有規定必須先消費到一定的額度才能擁有上去的資格。

基本上來此處的人都是在社會上頗有地位的人，這裡提供最優質的服務，為了避免糾紛，保鑣、服務生、酒保……等工作人員的性別一律是β並且接受過長達一年的訓練，這項工作一天的薪水對賴田樂來說可以抵掉其他工作一個禮拜的薪資，只要讓那些人滿意、開心，隨時都能得到可觀的小費。

賴田樂之前想過，如果債還完的話之後持續做這個就行了，工作天數也不多，調酒也滿有趣的，他在這邊當酒保長達五年，熟練的動作、若有似無的眼神接觸、了解顧客的喜好……賴田樂很優秀，優秀到夏德想挖出那些覬覦著賴田樂的眼珠。

全都是放肆的目光。

夏德一出場再次吸走所有人的注意，他坐在吧檯的角落座位，優性α的威壓讓周遭的人既忌諱又好奇，他們在觀察、討論男人的來歷，賴田樂倒是不慌不忙地送上一杯粉色的調酒，主動搭話問：「怎麼樣？」

夏德的視線逡巡著眼前的賴田樂，他的衣領少扣一顆，露出脖頸那塊細嫩白皙的肌膚，黑色的馬甲勾出他的腰，從腰到臀的曲線引人遐想，合身的西裝褲襯出他飽滿的臀部，連著穠纖合度的大腿，如果從後面壓制住他，就要先從臀腿那邊做上記號，把他扒得凌亂，制服鬆鬆垮垮地留在他身上，看他無助地彎下腰承受他，到時候那雙腿也會顫抖，賴田樂會被他操得站不住，甚至闔不起腿。

他早就在資料上看過，賴田樂長得好看，柔順的黑髮讓他看起來更加白皙，黑色的眼眸炯炯有神，又亮又美，笑起來有淺淺的酒窩，很可愛，不笑的時候也很有魅力，那黑色的耳釘莫名增添了些情色的氛圍，當他掀起眼簾扯著嘴笑時，夏德只想幹哭他。

他的田樂太好看了。

帥氣、漂亮又可愛。

以前賴田樂笑得時候也是那樣，他的笑容很有感染力，一笑就能認出那是賴田樂，當終於不用裝成里斯、只有他們一起旅行的那個時候，賴田樂才有種真的放開來的感覺，在皇宮裡他偶爾還是會在意其他人的目光，說白一點就是會以里斯的模樣耍帥，剛好他也很會拿捏自己的魅力，於是三皇子就開始受歡迎了。

現在回想起來夏德還是氣，但賴田樂成為里斯的年紀也只不過二十二歲，為了拯救妹妹踏上未知的世界，很了不起，也讓人心疼，不過現在賴田樂二十二歲之後的日子，他一定會全程參與。

夏德抿了一口調酒，甜味從口中蔓延開來，他看著賴田樂問：「你是指哪一點？」

「嗯……全部？」

「我想亞勃克願意收購這裡。」

「哈哈，需要我幫你叫老闆出來嗎？」

「之後再給我聯繫方式吧。」

賴田樂微頓，放下手中的杯子，失笑問道：「真要買啊？」

「買給你。」夏德說得很簡單，事實上對他來說也不是件難事，「你想繼續做這個工作就繼續，或者想當老闆也沒問題，但我希望剛開始的關係你能先……」

「先？」

夏德確認賴田樂的視線在自己身上後才道：「在家裡給我養，你需要好好休息。」

——我願意，養我，男人。

賴田樂差點就這麼應了，他裝模作樣地輕咳一聲迴避，但夏德依然直勾勾地盯著他看，放在桌面上的指尖輕點，噠噠的敲聲彷彿是在敲打他的心房，賴田樂這一刻好像聽不見其他聲音，注意力全部放在男人身上，α的信息素緩慢地纏上他、勾他、引他，是突然有人出現與他們搭話賴田樂才回過神來。

「樂樂是不行的喔，如果不想被趕出去最好不要肖想他。」

一位女α自然而然地坐上夏德旁邊的空位，她以薰衣草的強烈氣息抵抗優性α的威壓，性感曼妙的身材在服貼的連身裙下一覽無遺，褐色的長髮微捲，她輕輕撩開，眉眼慵懶，卻讓人有一種距離感，在面對賴田樂時倒是卸下了防備。

「沒事的雪雯姐，他是我招待來的。」

「原來如此，好久不見，夏德先生。」

「妳認得……」

「很久以前談商業合作的時候見過一次。」吳雪雯的視線在夏德以及賴田樂之間徘徊，她朝夏德點了點頭，接著對賴田樂露出微笑說：「田樂，老樣子，還有也幫我送給我後面那桌。」

「沒問題，那你們聊吧。」

賴田樂以眼神示意夏德自己要去忙了，夏德頷首，在賴田樂轉身後視線仍然黏著他，眼神有些肆無忌憚、毫無隱藏自己露骨的渴望，吳雪雯見狀便再次主動搭話：「沒想到夏德先生感興趣的是β。」

夏德只睨她一眼，淡淡地答道：「說錯了。」

吳雪雯一愣，隨即恍然大悟：「感興趣的對象是田樂，對嗎？」

夏德沒有回應，吳雪雯也沒有追問，她向送酒過來的賴田樂道謝，在賴田樂離開後斂起笑容，她摸著杯緣繼續向夏德說道：「之前也有過一些人追求樂樂，不過店裡有規定除非雙方合意不然不能強迫員工，違者將永久禁止出入此處，樂樂將那些人都拒絕了，除了一個α，他無視規定長期騷擾樂樂，試圖強迫他。」

「你猜怎麼樣？田樂把人帶進廁所往死裡揍。」吳雪雯回憶著過往，神情不自覺地變得柔和，當時賴田樂臉上帶血從廁所走出來笑著說沒事，還說狠踹了那人的雞雞，這事她想到就想笑，「事後那人便列為禁止往來戶，我以為那位高傲的α不會就此善罷甘休，沒想到之後就真的沒有看過他，難不成是對田樂產生陰影了嗎？」

「不是。」夏德沉聲應，「我處理掉了。」

「什麼？」

「我想我沒必要跟妳解釋，但妳對田樂很好，田樂也很喜歡妳……這就是為什麼妳還能繼續坐在這裡的原因。」夏德輕晃著酒杯，這是他第一次直視那位女α，「不過樂樂這個稱呼，我不喜歡。」

吳雪雯眨了眨眼，她靠在桌邊，雙手合十放在唇邊進行思考，接著轉頭望向男人，指著他說：「你是我討厭的類型，甚至還是極優性α，真以為自己能掌控一切嗎？」

「妳知道我跟妳的差別在哪裡嗎，吳雪雯小姐？」夏德反問，從背後來看兩人郎才女貌，很是相配，然而這只是兩位α的較勁，「我為了田樂而活，願意付出任何代價來實現田樂的願望，還有，我是田樂的理想型。」

夏德靠近吳雪雯，光明正大地以極優性α的氣勢壓她，「就像妳說的，我是極優性α，只要我想，讓身為β的田樂懷孕也沒有問題，但我希望我們是對等的，我想擁有他的愛，所以正在努力靠近他，妳呢？吳雪雯小姐，妳是抱持什麼心態靠近田樂？又是以什麼想法阻止我？」

「我希望他能夠幸福，他值得。」吳雪雯的神態毫無畏懼，絲毫沒將α的威脅放在眼裡，「但我不認為你或者是我能成為他的幸福。」

夏德從吳雪雯身上收回目光沉默，彷彿是倦了、失去耐心，其實他根本不需要和她在這裡爭吵，也絲毫不在意他人的想法，但他必須融入屬於賴田樂的世界，只要是賴田樂身邊的人，他都不能以暴力的方式解決，賴田樂會不喜歡，畢竟這裡是沒有戰爭的和平社會。

「我知道妳和田樂是怎麼認識的，也知道妳有什麼難關，但他的幸福，由他自己定義。」夏德耐著性子繼續說：「值不值得，也是他說得算。」

「不，你只是在說好聽的話。」

「是。」夏德大方地承認，「田樂如果不要我，那麼我會以死相逼，畢竟田樂那麼、那麼善良。」

吳雪雯嫌棄：「沉重的男人。」

「但田樂會喜歡。」夏德很有自信地說。

「哈。」吳雪雯因為無言而笑出來，「除了變態之外，連瘋子也纏上田樂了。」

「除了我之外的變態或瘋子我都會處理掉。」

眼見賴田樂要走過來了，吳雪雯即使還想要說些什麼也還是先停下來，她拿起酒杯起身，在離去前留下一句：「瘋男人是不會受歡迎的。」

賴田樂先是和吳雪雯點頭示意，吳雪雯則禮貌性地舉杯微笑才離開，於是賴田樂向夏德詢問：「什麼瘋男人？」

「她在跟我說你之前被騷擾的事情。」

「啊……」

「難怪你在我說想包養你的時候沒有特別的反應，是習慣了嗎？」

「不，我當時是嚇傻了。」

夏德傾身靠上桌邊，抬起頭問：「為什麼拒絕了？」

「因為他們沒有長成你這樣。」賴田樂半開玩笑地應，他聳肩，擦拭著酒杯說：「而且大部分都高高在上的想指使我，看了就討厭。其實當時我也沒想那麼多，感覺不對我就不會勉強自己。」

賴田樂舉起杯子對向上頭的照明，微微轉動著，看著閃動的玻璃道：「對我來說自尊心不值錢，但我也沒必要活得像悲劇裡的主角，要是我一不小心害了恬渝怎麼辦？我不想給她丟臉。」

「我想好好地站在我妹妹的面前，跟她說，哥哥來接妳了，這是我僅存的自尊心，雖然說不值錢，但我還是有留一點點的。」賴田樂在食指和拇指之間留著微小的縫隙，笑著說：「大概這麼一點點。」

「以後都留著吧。」

「嗯？」

「自尊心。」夏德站起來抓住賴田樂的手，說：「往後的日子，你來成為我的主角。」

賴田樂沒有立即甩開他，也沒有特別的反應，他只是垂下視線問：「你這樣子的理由到底是什麼？」

「你馬上就會知道。」夏德彎下腰看著他，面無表情地突然說：「田樂，我快要昏倒了。」

「欸？」

夏德的不適看起來並不像是裝的，仔細觀察能夠發現他的臉色慘白並且呼吸略微急促，賴田樂立即讓他再撐會，自己則和同事迅速地解釋狀況，接著走出吧檯匆忙地跑向夏德，靠近問：「還可以嗎？能撐到外面嗎？」

夏德自然而然地靠在賴田樂的身上，攬住他的肩膀，鼻尖埋入他黑色的髮絲，低聲說道：「這裡味道……太雜了。」

賴田樂不太能理解夏德的意思，但還是盡快將人帶離酒吧，他抓住肩上的手、摟著男人的腰一步一步地來到酒吧後面的小巷，陰暗的巷子只有門上的小燈泡照明，身上的男人越來越重，賴田樂扶著他走下小階梯時差點跌倒，隨即一陣天旋地轉，他被夏德壓在牆上，夏德靠著他微微喘息，邊蹭邊說：「我對信息素的感知是一般α的好幾倍，那感覺並不好受。」

「……你如果不能去那種地方你要說。」賴田樂仰著頭看著夜空，輕輕拍著夏德的背問：「現在有比較好了嗎？」

「不太好，所以還不要放開我。」夏德滿足地摟抱著賴田樂，收緊手臂又道：「這裡不一樣，在咖啡廳的時候沒有那麼強烈，我可以只專注於你，但你說要請我，我也想看你在這邊工作的樣子……雖然這間酒吧裡面的味道比想像中還要乾淨，不過還是沒辦法久待。」

「因為你是極優性α嗎？」

「嗯。」夏德側頭盯著賴田樂的後頸，本能有些蠢蠢欲動，「田樂，我有信息素失調症，就像我剛才說的，極優性α的感官比一般α敏銳，在我分化成α後，接收太多信息素了，要是不發洩的話就會變成這樣，沒辦法和其他人相處太久，久而久之我的信息素也變得更加危險……」

「那你怎麼不、呃……發洩？」男人的呼吸一直落在脖子上，賴田樂覺得癢，想要躲開，卻找不到地方可以躲，只能乖乖地待在原地忍耐，「我是說、你耶……勾個手就有Ω願意了吧。」

「我是浪漫主義者。」夏德微微鬆開賴田樂，注視著賴田樂的眼睛說：「人們總說，只要一眼，就能找到屬於你的那個人，他們之間的相遇、相愛都是命中註定的，我相信那個，所以一直在尋找。」

夏德輕撫著賴田樂的臉頰，他的身影完全籠罩在賴田樂之上，低啞的嗓音像是在引誘：「你就是我的Ω，田樂。」

賴田樂愣住了，他試圖從男人的表情或是眼神找出破綻，但只找到夏德眼中的認真與執著，他是說真的，浪漫主義者夏德先生，還相信著那幾乎不可能的命中註定說，賴田樂只在高中聽過有關註定的α和Ω的傳言，因為也只有那年紀會相信註定、浪漫又閃閃發亮的愛情。

要是在現在找到了命中註定的另外一半，大概能上電視吧，畢竟那比中超高額獎金還要困難，但對賴田樂來說這並不是機率問題，而是夏德從根本上就搞錯了。

他是β。

賴田樂為要不要坦承的遲疑感到羞恥，如果堅定地說夏德找錯了，他只是β，分化檢測結果就是不折不扣的β，那麼夏德會將至今做的一切收回去嗎？

收回去也沒什麼大不了。

他只是做了幾天的美夢，然後現在該醒了。

那麼夏德對他的靠近、友好，也會馬上消失嗎？

賴田樂不否認自己可能會失落，但假如這件事情對夏德那麼重要，他更不該為了自己欺騙他，然而當他想要開口否認的時候，夏德卻突然按住他的嘴，說：「不要拒絕我，在你身邊我能感覺到平靜，對於其他人的信息素就沒那麼敏感了，我想你大概不知道，你有一股淡淡的奶香，混著草莓味……」

夏德不由得輕笑，他好聽的啞音迴盪在賴田樂的心裡，男人的手輕揉著他的腰，越來越往下，性意味甚濃，可是夏德的表現又極為坦蕩，眼裡全都是對賴田樂的寵溺，他淡淡地笑說：「你是草莓牛奶，甜的。」

賴田樂忽然意識到一件事情。

他們咖啡廳的草莓蛋糕餡正是草莓牛奶口味。

——特別喜歡。

夏德在收下他給蛋糕的時候，是盯著他這麼說的。

瘋了。

再這樣下去心跳聲會被聽到。

不要意識到、不要意識到、他可能沒有那個意思——

賴田樂面紅耳赤地想，他極力想把自己趕下船，但船早就已經發動並且進行了遠海作業，他又暈又慌，不知道該怎麼辦，情急之下禮尚往來，說起夏德的信息素味：「你是威士忌……還有花香，聞起來很、很性感帥氣……」

「你聞得到？」

「嗯，因為你是極優性α嘛，不是所有人都聞得到嗎？」賴田樂問完後發覺這問法好像不太對，Ω理所當然聞得到，那夏德這麼問又是什麼意思？他搞不懂，想補充說明卻忍不住結巴：「不是、那……那個，我是說，呃、當然聞得到，因為、因為……」

不可以。

賴田樂心裡明明是這麼想的，可看到夏德目不轉睛盯著他時，那種不想辜負他的心情油然而生，他像是被α的信息素勾走心，又被眼前的人勾走魂，謊言脫口而出：「我是Ω。」

「做得好。」夏德低聲鼓勵，他的一舉一動、一呼一吸彷彿都在蠱惑賴田樂，酒香硬生生地灌暈他，夏德輕捏著他的下顎，道：「不用擔心，你只要……相信我就好了，待在我身邊，不論你說什麼、要什麼，我都會幫你、答應你。」

賴田樂莫名覺得身體有些發軟。

極優性α的魅力實在是太可怕了，他原本是想先享受再逃跑，但是，跑得掉嗎？自己會不會先無可自拔地迷上這位α？糊里糊塗偽裝成Ω的他總有一天會被揭穿吧，到那個時候再從這個美夢醒來可以嗎？可以吧？

他們僅僅是各取所需。

雖然賴田樂還不確定夏德所說的味道是怎麼回事，那是他之後要釐清的事情，不過既然夏德認為他的存在對他有所幫助，那麼就讓這場騙局繼續下去。

賴田樂也只是為了活下去，說實話，沒有債務的這幾天他的狀態好到不行，以為還要很久很久才能迎向明朗的未來，現在突然近在眼前，如果能選擇比較輕鬆的道路，為什麼不選？

「我……」賴田樂遲疑幾秒，最終下定決心直視著夏德說：「真的有超級多的事情需要你，你可能還會覺得我怎麼那麼厚臉皮……」

「不會，我等你說。」夏德以自己的身軀壓上賴田樂，貼著他的耳邊說：「頂多我再跟你多要一點。」

……何止一點，全部給你！

賴田樂的手不知不覺地按在男人的胸肌上，無意吃豆腐的他忍不住在心中吶喊，他像是燙了手想要收回來，夏德卻抓回他重新按在胸上，問：「有沒有感覺到？」

「什、什麼？」

「心跳聲。」

加速的心跳聲。

賴田樂呆呆地感受著，噗通、噗通，他衝動地吞下前面的這顆糖，糖慢慢地衍伸著甜味，甜到他脹紅了臉，他想垂首掩飾，可夏德的視線不停地跟著他，賴田樂覺得羞恥，努力縮著身體想推開面前的男人。

「你、你——看看自己長什麼樣子好嗎！」賴田樂咬著下唇，聲音越來越小：「不能、不能這樣啦……夏德先生，你知道吧？知道的吧？」

「知道。」夏德捏著賴田樂的嘴，輕笑說道：「你覺得我很帥。」

「不不不，不止，你就是、就——啊對啦你帥瘋了，我也要瘋了……」賴田樂看向地板，無辜地要求著：「你不能先把臉移開嗎……？」

害羞的樣子一點也沒有變。

可愛過頭。

想咬一口那紅通通的臉。

想親吻那被咬住的下唇。

想直接把人按在牆上佔有。

夏德按捺住心中奔騰的慾望，跟著要求：「能，但我們的關係要從現在開始，我等你下班，你同意的話，我馬上請人幫你搬家，或者我全部幫你買新的。」

「今、今天有點太快了……」

「我什麼都不會做，你不願意的事情我絕對不會強迫你。」

「我沒說不願意啊……」賴田樂下意識地嘀咕，爾後才反應過來：「不是、我是說！我、我……被你的臉迷惑了，所以……」

「那現在是願意嗎？」

賴田樂一頓。

夏德的手放在他的腰上壓，他立即感受到有什麼東西頂到他，從那個時候賴田樂就當機了，連自己怎麼回到工作崗位上都不記得，只知道夏德大概是放過他了，面對同事和老闆的詢問也回答得含糊，最想知道這是怎麼回事的是他才對。

是真的。

那、那巨根……！

光是突起的份量就知道不得了！

賴田樂其實一直都沒有實感，心動的感覺、不斷接近他的夏德，還說他是他的Ω，甚至是夏德口中的草莓牛奶味信息素他都不清楚，光是站在夏德的面前腦袋就快要爆炸了，現在知道夏德真的能對他勃起後，賴田樂更是不知所措。

包養的關係，大部分都包含那種事情吧？

……好像也不是不行。

不如說賴田樂賺到，第一次給這種優秀的人，怎麼想都是他賺到，還賺到短暫的奢侈生活，賴田樂可是二十二歲的大人了，這些他全部都要，所以他抱著沒有退路的決心和老闆辭職，老闆卻駁回了，說願意給他休息的時間，只是要求之後要解釋清楚他和夏德的關係，賴田樂不禁失笑，原來是想知道八卦的部分。

賴田樂先是道謝著答應，能留住這個工作固然好，爾後他收拾好東西，在走出酒吧的第一眼即是靠在車門上等候他的夏德，賴田樂的心跳又失控了，什麼關係？他也還不知道啊，包養的關係？那他應該要叫夏德什麼？

「老公？」

賴田樂看到了。

夏德立即抬頭愣怔的樣子，緊接著氣勢洶洶地向他走來，伸手扯過他，摸著他的臉頰說：「我剛剛放過你了，這次是你的錯。」

炙熱的吻隨即落了下來，奪去他的呼吸。

賴田樂的腦袋頓時一片混亂，他在心裡問自己——不會太快嗎？進度太快了吧？可當他看見男人的耳朵微微發紅，並且急切地含吻他時，賴田樂忽然覺得夏德因為他喊老公而害羞的模樣非常可愛，連帶親吻也彷彿帶著請求的意味，啊不管了，賴田樂想，默默地張開唇，雙手搭上男人的肩，表明自己的意願。

凌晨四點的路上空無一人，只有幾盞路燈照亮他們的視野，雙唇交纏、呼吸急促的聲音在他們的耳中好像放大了，夏德將賴田樂抱起來旋身壓在車門上，舌尖探入他的口腔舔過上顎，賴田樂一抖，又馬上被舔著舌頭吮吻，他似乎掌握了他所有的弱點，賴田樂渾身癱軟，像隻順毛的貓享受這舒服的吻。

夏德托著他的臀打開車門，兩人的唇彷彿一刻也不能分離，夏德帶著他抱進車裡的時候依然斷斷續續地吻著，賴田樂從來不覺得自己瘦弱，起碼他還有一百七十五公分的身高，但在這高大的男人面前根本不值得一提，他覺得自己就像小孩一樣被抱來抱去，賴田樂既害羞又無助，只能乖乖地抱著他、任由他。

他現在被壓在後座上，男人撐在他的上面扶著他的後頸持續著這個吻，密閉空間裡瀰漫著更濃厚的信息素，賴田樂感到燥熱不已，兩人在一瞬間對上彼此的視線，夏德緩下來，一次一次地親吻，溫柔地親吻他的上唇，柔聲呼喚：「田樂。」

賴田樂看著他的唇，目光慢慢往上，男人深色的眼眸承載著許多他讀不懂的情感，那超乎賴田樂的想像，好像眼前的男人是真的愛他，無關性別，只是單純愛他，用盡辦法想將他留下來。

「和我回家，好嗎？」

犯規。

太犯規了。

賴田樂說不出除了『好』之外的回答，他點頭，然後抬手摀唇，飄開視線說：「別、別親了……夏德先生，我們還有很多事要談吧？」

「不叫老公了？」

「那個……！」賴田樂紅著臉解釋：「剛剛我只是在想我們之間的關係，包養的話……要怎麼稱呼您這位金主大人？」

「都可以。」夏德拉起賴田樂一起坐好，他敲了敲隔絕前座的小玻璃窗，車子立即發出發動的聲響，他繼續說：「我習慣你直呼我的名字，但不勉強，等你沒有顧慮的時候再那樣喊我就可以了，或者用更親密一點的稱呼我也沒有問題。」

「……好。」賴田樂這才發現他們乘坐的車已經換了，也震驚於自己竟然在有第三人的空間裡和夏德吻得那麼激烈，他大概緩了幾秒才反應過來問說：「習慣？」

「口誤，我是指喜歡。」

「夏德。」賴田樂直視著男人又喊了一次：「夏德。」

夏德微微啟唇，喉頭一哽，突然抬手按住賴田樂的頭，連帶遮住他的雙眼，想要湊過去再次嗅聞那股得來不易的甜奶味，淡淡的香氣本該讓α興起獵捕的本能，但夏德全都忍住了，從最一開始到現在，確實身為α的他讓賴田樂臣服於他只是幾秒鐘的事情，但夏德一點也不想要那樣。

他輕揉著賴田樂的髮絲，放下手的同時道：「我在。」

賴田樂重見男人的面容，忍不住在心中又默念一次夏德，那名字自然地刻印在他的腦中了，唸起來一點也不彆扭，暈眩的感覺猛地襲來，眼前的夏德似乎和某個身影重疊在一起，他趕緊眨著眼睛晃著腦袋，聽到夏德問：「怎麼了？」

賴田樂的視線停留在下方，他靠上夏德的肩膀應：「有點……累了。」

「那睡吧，好好休息。」

賴田樂閉上眼睛嗯聲回應，夏德沒多久就聽見對方平穩的呼吸聲，他低頭盯著賴田樂的髮旋，稍微前傾看了看他的臉，眼睛底下有著淡淡的黑影，按照賴田樂原本的行程，這時候確實睡了，不過一會又要馬上醒來工作，對此他毫無怨言。

為了誰、為了某個人而努力，他就是這樣的人。

「辛苦了，接下來全部交給我就可以了，田樂。」

他牽起賴田樂的手沉聲允諾。

◆

高級社區、公寓、電梯、頂樓……有錢人家什麼的，眼前的一切賴田樂都在霸總小說題材裡面看過，頂樓整層都是夏德的家，甚至電梯上到頂層還需要經過虹膜辨識和指紋偵測，賴田樂看著他的操作，夏德讓他做什麼他也就做什麼，然後賴田樂的設定便弄好了，電梯內的機器音播報著此消息。

『叮！已輸入賴田樂先生進出的權限，禁制事項：無。』

欸？

賴田樂愣愣地被夏德帶出電梯，他頻頻回頭看向那即將關上的電梯門，拉著夏德支支吾吾地問：「等等，這樣、這樣好嗎？那意思是我可以隨意進出這裡？」

「不然你要二十四小時都和我待在一起嗎？」夏德停頓一會，說：「那樣也不錯。」

這個人怎麼有辦法十句話裡面有九句情話？而為此感到心動的自己是不是也沒救了？賴田樂想，他硬是拽住夏德的手讓他停下，視線小心翼翼地往上，道：「不是……你、你這樣把家敞開給陌生人不好吧？而且我們也什麼都還沒談好……」

「這邊很安全，住在這棟公寓的人全部都有進行篩選。」夏德邊說邊在門前輸入密碼，正式將賴田樂牽回家，他關上房門，又說：「只要誰惹你，我就能讓他滾。」

真的是夠霸氣，也很有本錢霸氣，賴田樂多少是猜得到，但還是忍不住問：「這棟公寓是你的嗎？不，整個社區都是你的……？」

「嗯。」

「那你更不能隨隨便便讓我——」

「不隨便。」夏德打斷賴田樂的話，他轉過身面向賴田樂，牽緊他的手應：「很鄭重。」

這個人可能、真的，很需要他，所以才對他那麼那麼好。

反正他也決定接受夏德的好，對他也沒有壞處，賴田樂只是想，接受了對方的好，他也想要在有限的時間內做好能力所及之事，如此一來，結束這層關係時他才不會愧對於他。

「我知道了，那我會好好享受這裡的。」賴田樂向前一步靠近夏德，「那你呢？我是指……你有這個症狀多久了？現在還會哪裡不舒服嗎？我們該仔細談談這個了……這、這也是需要鄭重看待的事情！」

夏德靜靜地看著賴田樂，想起以前他也是這樣問他，哪裡不舒服了嗎？毒效發作了嗎？賴田樂不管到哪裡都是一個樣，記憶中的賴田樂總是那樣溫柔燦爛，所以信息素才是那麼可愛的草莓牛奶味吧？

甜甜暖暖的草莓牛奶，光是想到就忍俊不禁，太太太可愛治癒了。

賴田樂一看到對方看著他勾起唇角，心臟又差點爆炸，撇開視線問：「幹嘛……幹嘛笑？」

夏德搖搖頭，重新拉著他往前走說：「你有什麼問題等會都可以問，現在，先去洗澡睡覺。」

「啊沒事啦，我剛剛在車上有睡了。」賴田樂抬手看了眼手錶，「本來這個時間我就醒了。」

「要我付錢嗎？」

「什麼？」

「讓你洗澡睡覺。」

「……這未免也太好賺了。」

夏德二話不說從口袋裡拿出錢包給賴田樂，賴田樂是接下了，本來只是想要拿個硬幣，沒想到這人的錢包裡面只有卡，就連一張鈔票也都沒有，他頓時啞口無言，好的，這就是董事長的錢包。最後賴田樂將錢包塞回夏德的口袋，直接前往看起來像浴室的地方。

「我去就是了，不過衣服——」

「我已經請人準備好了。」

「金主大人英明。」賴田樂開玩笑地道，他走進浴室望了望，回頭露出賊笑問：「那金主大人要不要一起——嗯抱歉我說笑的請不要過來！」

夏德停下腳步，重新扣上袖釦，一言不發地繼續望著賴田樂，賴田樂乾笑著闔上門，夏德還清楚聽見他鎖上門的聲音，他沉聲嘆息，可能他顯得太急迫了，明明才剛想好要慢慢來，但真正面對賴田樂時，總是克制不住，他上前乖巧地守在外面等候，一些零碎的布料摩擦聲音傳進耳裡，就在這個時候，他聽見賴田樂的聲音。

「冷靜、冷靜、冷靜……可以啦，不是都下定決心了嗎賴田樂……」

他似乎是在信心喊話。

夏德多少也知道自己非常可疑，但這是他能接近賴田樂最快的辦法，他想了很多很多年，此刻無念無想，就只是靜靜等著賴田樂，他已經在那裡了、已經在他可觸及的範圍裡……夏德彷彿是要等到賴田樂出來，他的時間才會再次轉動。

因此賴田樂一出來就看到高大的男人縮在門邊抬頭看他，賴田樂的小心臟為之一震，只見對方接過他手上的毛巾，替他擦拭頭髮，接著將他攬腰抱起，賴田樂晃了晃腳，男人仍是不為所動，就這樣抱著他來到上面的臥室，他溫柔地將賴田樂放在床邊，說了句等著便轉身走進這層的浴室拿吹風機出來，一切都那麼自然，賴田樂低著頭，寬厚溫暖的掌心輕揉著他的髮絲，持續的熱風讓他再次昏昏欲睡。

蓬鬆的枕頭、溫暖的棉被，他不知不覺陷入柔軟的床鋪，賴田樂忍不住打了個呵欠，身體也覺得暖暖的很舒服，床有夏德的味道，不如說，這裡每一個地方都瀰漫著α的信息素，很好聞，賴田樂覺得自己好像漸漸接受了極優性α的氣息，他融入裡面，莫名感到心滿意足，他無意識地蹭了蹭被子後才閉上雙眼。

「睡吧，我會在這裡陪你。」

賴田樂聽到夏德壓低的溫柔嗓音更是想睡了，但他努力半睜著眼，埋在被子裡面挪到另外一邊，探出頭來問：「……你不睡嗎？你等著我也沒什麼休息吧。」

夏德的手按在留有賴田樂體溫的床單，看他這麼簡單就空出自己床邊的位置，意外正經地說：「αΩ授受不親。」

賴田樂笑了，聲音聽起來有些含糊不清：「哈囉我們剛剛在車上親得那麼激烈耶？只差沒有真的車震了……好啦夏德先生我們就蓋棉被純睡覺……」

他邊說邊拍了拍旁邊的空位，夏德沉聲嘆息，掀起角落的被子慢慢躺進去，他撐著頭側躺在賴田樂身旁，知道他大概是睡前的迷糊狀態，所以沒特別把他說的話放在心上，尤其是那個車震……反正以後都會試的。

「那都是我誘導你後的結果。」夏德撫平被子的皺褶，盯著賴田樂繼續說：「你還沒有主動靠近我過，我會等，也會繼續努力。」

「嗯……」

他很快便睡著了，根本沒有在聽他說什麼，不過這樣也好，平穩的呼吸聲讓夏德感到安心，Ω的信息素很淡，只有他刻意引導的時候才聞得到，這表示賴田樂還不夠放鬆、時機也還沒有到，夏德看著他，彷彿是在說給自己聽，以氣音輕聲說：「取得信任的確是件難事，那時候的你一定特別鬱悶難受，但你還是做到了。主動需要很大的勇氣，而我準備了很長很長的一段時間，來到這裡的每一天都在等待這一刻，允許接近你的這一刻……陌生的世界、陌生的人，一切都不一樣了，你當初就是這種感覺吧？」

一想到今天的情形，夏德不禁失笑：「其實我在你工作的地方徘徊很久才走進去，見到你我很緊張……真的很緊張，第一次見面要抓住你的時候，我的心臟也快要跳出來了，相比起來，你是比你想像中更加了不起的人，田樂。」

他為了這一天，確實做了萬全的準備。

夏德最一開始生活在育幼院，為了讓他的存在變得合情合理，他需要從頭開始，來到這裡的時間便挪到賴田樂出生的四年前，那位接管烏諾斯位置的丹蘿曾經就跟他說過，他不能干擾賴田樂二十二歲以前既定的安排，賴田樂的命運從二十二歲後才開始是未知數，也是在二十二歲時與二十六歲的夏德相遇，這之後的事情，她就不會管了。

她還說，讓他來到這裡已經是世界管理局最大的容忍，任何再次破壞準則的舉動絕對不會被允許，所以知曉賴田樂會有什麼遭遇的夏德什麼都不能做。

但他卻什麼都做了。

這一次，即是夏德的第六次重生。

只要做出任何試圖改變賴田樂命運的舉動，他就會回到九歲，第一次的九歲他遇到現在的父親領養他，那人便是國內首富趙彥，於是他靠著金錢的力量找出賴田樂的住處，兩人相遇的瞬間他立即重生回到育幼院、第二次十五歲的他尋找賴田樂父親的下落，想藉由他人通知賴田樂卻也失敗、第三次十七歲的他試圖拯救賴田樂的繼母當然也是失敗、第四次也是十七歲的他不想讓賴田樂獨自一人參與他繼母的葬禮，本來是想待在那裡就好，然而在看見賴田樂哭泣的瞬間，他忍不住上前給他一個擁抱，夏德的第一句話以及最後一句話便是——「等我，田樂。」

而第五次，是十八歲的他得知賴田樂的親戚待他不好以至於生病住院的那個時候，為了避免重生，夏德特意選在夜晚前去探望，他看見了那個孤苦無依的十四歲孩子，他只是、只是……在那邊靜靜看著，卻在賴田樂醒來望向他的那個瞬間，夏德又一次重來了。

——「你不能存在於賴田樂二十二歲之前的記憶。」

僅僅是因為這個。

夏德知道這一切都是愚蠢的行動，一次又一次的重來，浪費時間又毫無效率，可是他不想什麼都不做，如果有那個可能性、如果有那個機會，他願意做出無數次的嘗試，只為了能夠提前陪伴失去父親、母親以及妹妹的賴田樂……又或者，改變他的命運，夏德也只不過是回到九歲再來一次，沒什麼的，他也利用這些重來的時間了解賴田樂的世界，但在最後一次重來的剎那，無法輕易消化的憤怒以及自責湧上心頭。

是的，他是真的沒有能力能夠介入賴田樂之前的人生。

他只能讓賴田樂一個人獨自面對孤獨難受的夜晚，該死的準則、該死的世界管理局、該死的既定命運，於是那些執著經年累月地成就了現在的夏德，分化為極優性α以及以前的生存經驗讓他很快佔取優勢，只要他擁有的比其他人還要多，就沒有人可以越過他欺負賴田樂。

這個地方確實很和平，沒有戰爭、沒有皇室、沒有貴族……夏德很快了解到什麼才是最重要的，性別、地位、權勢、金錢，賴田樂為錢所困，那麼他就賺取賴田樂一生也花不完的錢、賴田樂為丁家煩憂，那麼他就爬上比丁家還要更加有權有勢的地位，這一次的夏德便主動找上趙彥，接著成立亞勃克集團，取名為亞勃克不為別的，只是想著賴田樂或許可能會有印象，或者覺得有點熟悉，僅此而已。

後來的他收集著賴田樂的情報，每一天都會有人向他報告他的動向，幾乎到了關於賴田樂的事情他無所不知的地步，夏德就這樣看著他直到他們可以相遇的年紀，他想像過很多次他們重逢的那一天，也在腦中磨練了好幾次，不要急、不要急，他總是對自己這麼說，究竟重來多少年又等待多久才迎來這一天，夏德已經記不清楚了。

他只希望自己不會嚇到賴田樂。

他參與不到賴田樂二十二歲以前的日子，那麼，就拚盡全力守護他未來的餘生吧，往後的日子，他不會再讓賴田樂哭泣。

那些賴田樂曾經受過的委屈，他必定加倍奉還。

而賴田樂想要的願望，他也必定加倍奉獻。

賴田樂現在只要……慢慢地、慢慢地接受他、迷戀他，向他敞開一切。

夏德還記得賴田樂很喜歡看小說，以前旅途的空檔他都會說給他聽，各式各樣的故事中，賴田樂最常看的便是霸道總裁系列，所以他也參考了很多很多。他都想好怎麼樣能夠引起賴田樂的注意了，一看到賴田樂欲言又止的表情，夏德多少能猜得出他內心的想法，大概是『哈什麼啦你霸總嗎——』這種好笑的質疑，看著眼前的賴田樂，熟悉的表情、動作、笑容……這一切都讓夏德差點壓抑不住。

他依然是那個他放在心底的小可愛。

賴田樂永遠是那個賴田樂，真誠、可愛、帥氣、單純。

光是想像其他人也是以這種目光看待賴田樂，夏德就快要瘋了，希望自己不會嚇到賴田樂……便是這個意思。

想關起來、要關起來，標記他、撕咬他，將賴田樂身上難以發覺的香氣全部壟斷，但是不可以操之過急，需要先哄，哄乖了再騙來自己的身邊，他準備好一個安全的小房間，絕對沒有人能夠在那裡欺負他等待已久的寶貝。

老實說當夏德了解α、β和Ω這三種性別的時候，腦中的小宇宙瞬間爆發，發情的賴田樂、築巢的賴田樂、懷孕的賴田樂、抱著他們孩子的賴田樂——嗯，九歲的夏德已經面無表情地在構想著他和賴田樂標記、結婚、生小孩以及育兒的美好畫面了。

不過其實賴田樂不論是α、β或Ω哪一個都無所謂，易感期的賴田樂光想想就覺得很棒，明明不行卻還是強硬地注入自己的信息素，到那個時候就算是α的賴田樂也只能軟軟地接受他，或是對信息素渾然不知的賴田樂感覺也很可愛，雖然沒辦法在β身上留住味道，但他可以每一天重複留下屬於自己的痕跡，可賴田樂曾經說過他是比較弱勢的角色，那麼就排除α了。

一開始賴田樂的分化檢測報告確實是β，夏德每次收到的情報都是如此，直到第四次將賴田樂擁入懷裡的那一刻，淡淡的香氣倏地喚醒他的本能，夏德不可能搞錯，他重新比對資料，確認每一個細節，最終發現了——賴田樂本來是Ω。

那怎麼會變成β呢？

夏德推論這與賴田樂失蹤的父親有關，一切的線索湊成了，之後便是等候時機，擬定計畫靠近賴田樂，他所說的信息素失調症並無虛假，分化成極優性α的他感受到的信息素是他人的好幾倍，也知道再這麼放任下去會生病，而這就是他要的。

賴田樂逃不了的。

因為他那麼溫柔善良。

接下來只要用他過多的信息素誘導他、綁住他就可以了。

此刻的夏德小心謹慎地縮進賴田樂的懷抱，他懷念的、眷戀的……現在終於在他的面前，那些相愛的回憶好像已經是很久很久以前的事情了，有時候夏德回神過來都會以為那只是夢，是他執著的幻想，但那又如何，幻想弄成真不就得了？夏德從來沒有放棄這個念頭。

他只是依然如此，依然深愛著他的奇蹟。

上一次是賴田樂走入他的世界拯救他，那麼這一次，由他來吧。

賴田樂靜靜待在原地就好了。

他會跑向他的，一次……又一次。

◆

夏德聞到了香氣，食物的香氣。

他下意識地摸向旁邊的位置，冰冷的溫度讓他瞬間睜開眼起床，樓下傳來了一些聲響，他知道賴田樂還在這裡，但沒有親眼看見就無法安心，於是急忙的他就這麼毫無防備地讓穿著圍裙準備早餐的賴田樂映入眼簾。

圍裙對他來說有點大，所以他在後面綁了一個很長很大的蝴蝶結，從肩膀處延伸下來的交叉帶子貼著他的後背，只要夏德拉著那扯，他就能輕而易舉地控制住賴田樂，咬下那向他露出來的白皙後頸，又或者扯下賴田樂的褲子，讓那可愛的蝴蝶結放在賴田樂的後腰上，就像在拆禮物一樣，他能夠一邊解開一邊頂入。

從昨天看到賴田樂穿制服的時候夏德就在想了，那細腰可能沒有辦法承受住他……

打住，夏德制止自己，這是什麼突如其來的早晨考驗？幸好賴田樂很快就發現他了，本來想解釋自己擅自動用廚具的理由，卻在看到夏德的行為後忍不住問：「你幹嘛面壁思過？」

夏德的額頭輕靠在牆壁上，他微微側頭，看著賴田樂脫下圍裙的動作後，閉上眼皺眉說：「我想結婚。」

「啊？」話題突然變得奇妙，賴田樂還沒有進入狀況，他看了眼桌上擺好的早餐、又看了看手上的圍裙，突然心領神會，笑得又賊又皮：「啊……難道是喜歡圍裙嗎？還是人妻？一大早的不可以色色，夏德先生。」

你才一大早的不可以那麼可愛。

夏德抱著胸靠在牆上想，他思考一會，猛地靠近賴田樂，賴田樂馬上一縮，伸手制止說：「抱歉我開玩笑的，夏德先生喜歡什麼都可以，另外我想說寄人籬下應該做些什麼所以就起來做早餐，你不喜歡的話——」

「早上想喝牛奶。」

「耶？可是我看冰箱沒有……」賴田樂隨著夏德的視線往下看，幾乎是同一時間意會到對方的意思，他張了張嘴，慌張地問：「什、什麼牛奶？哪邊的牛奶啦……！」

「田樂。」

賴田樂抬眼，只見對方越來越近，接著在他的耳邊說：「你好色，在想什麼？」

絕對是在報復。

賴田樂一時語塞，沒想到會反被捉弄，忽然覺得夏德好像多了幾分親切，而且那得逞的挑眉樣子還挺可愛的，賴田樂只好認輸，後來等夏德洗漱好後他們一起坐下來享用早餐，夏德吃了一口，又一副困擾的模樣低語：「結婚……」

搞不清楚他到底是不是在開玩笑，總之的確有點好笑，賴田樂看著眼前的夏德，不自覺地放鬆下來，早餐時間意外相處自然，賴田樂也不知道為什麼自己不會尷尬，夏德還堅持由他來收拾，於是他就軟爛地癱在沙發上盯著男人洗碗的背影。

他的動作井然有序、乾淨俐落，看起來並不像是平常不會做家事的人，賢慧的極優性α欸，賴田樂意識到自己似乎把夏德放在太高太遠的地方了，他也只是普通人，要吃飯、要睡覺的普通人，夏德說過沒辦法和人相處太久的時間，那麼他是一直一個人嗎？而他是被這人允許進到屬於自己的私密空間，並且同床共眠的人。

賴田樂一直在抑制那種飄飄然的感覺，好像他真的是夏德特別的人，仔細一想，β應該是聞不到任何味道的，就算對方是極優性α，更何況他能夠清楚描述夏德的氣味，他也不記得自己曾經有意識過其他α的信息素，唯有夏德，難道夏德真的是他的特別之人嗎？

二次分化。

可能性極低，學術上來說很少有這種狀況，但確實存在，這之後他一定要再去做一次性別檢測，賴田樂合理懷疑自己的身體正在發生不可思議的轉變，因為那位極優性α……那麼那麼張揚地勾引他，所以他聞到夏德的信息素會覺得渾身發軟也是正常的吧？

「為什麼突然散發信息素？」

夏德以紙巾擦拭著手，居高臨下地看著整個陷入沙發的賴田樂問，賴田樂仰頭靠在椅背上眨了眨眼，跟著問：「我、我嗎？」

「嗯，雖然還是很淡，但我聞到了。」夏德彎腰，手靠在椅背上傾向賴田樂，沉聲說：「很甜，我能再靠近一點嗎？」

賴田樂沒有回應他又犯規的問句，只抬起手搭在男人的肩上示意，夏德微愣，順勢將人抱起來，自己則坐上沙發把賴田樂放在腿上，他窩在賴田樂的頸側，甜奶香讓他的神經一跳一跳地抽動，忍不住摟緊他問：「在想些什麼？」

「在想……想我真的對你有幫助吧？」α的信息素直接將他團團圍住，男人炙熱的呼吸也落在他的肌膚上，賴田樂縮起肩膀，又說：「你說的信息素失調症我有查過了，說是情況危急的話會有生命危險……你目前有那種狀況嗎？」

如果有的話，這場謊言就算夏德堅持也無論如何都不能繼續下去，賴田樂改變想法了，他並不想以隨便的態度看待這件事，畢竟現在他還是假裝成Ω的狀態。

「不至於到那樣，其實只要吃了藥都還是能忍耐，但不適的感覺會加倍。」夏德的鼻尖觸碰到賴田樂的耳側，準確地猜測到賴田樂的想法，說：「我說過了，只要專注於你，就不會那麼不舒服了，感覺很平靜，我是真的需要你、想要你……而且只能是你。」

「那麼……那個，你、呃……」賴田樂輕輕推開夏德的臉，眼神無辜又無助，他垂下視線問：「最後，會標記我的意思嗎？」

「你願意的話，當然。」夏德坦蕩地答道，「但我知道你還沒有想好，所以，先處理好你的事再說，今天晚上你有約你的妹妹見面，是嗎？」

「……看來沒有你不知道的事情。」賴田樂對於夏德坦蕩的回應有些退卻，理由夏德也說對的，因而忍不住轉移話題：「那、我先說說我的條件吧，雖然你好像都知道了……第一，債你已經幫我還完了，第二、我希望我妹妹，恬渝能夠離開丁家做自己想做的事情，第三、沒有了，光是完成這兩個，我就……」

賴田樂勾起嘴角笑了笑，裝作沒事繼續說下去：「就像你說的，當然要以恬渝的意願為主，可以的話，今天就問問看她好嗎？然後我希望我們是以戀人的身分出現在她的面前，我就是……怕她多想，可以嗎？只要能夠處理丁家……！剩下的我自己——」

「可以、沒問題、我願意。」夏德按住他的嘴，望著那雙明亮的大眼睛說：「不要再和我劃清界線了，你昨天和我說有很多事情需要我是騙人的嗎？你現在是用你自己換取這些，就值這樣？你就值一個丁家？」

「不。」賴田樂握住夏德的手移開應，他捏緊他的手腕，躊躇一會堅定地道：「那剩下的也是要麻煩你了，除此之外，你要向我保證給恬渝的支援要維持到她順利畢業，不能突然到一半反悔！」

「還有呢？」

「恬渝可能會想她都大學了才不需要哥哥什麼的，可是她考上的是α的大學，費用可不便宜……」賴田樂說著說著忽然有點心虛，弱弱地問：「我會不會管太多？就像無法放下孩子的怪獸家長……」

「不會，畢竟你們很早就分開了。」夏德安撫賴田樂，站在他這邊替他補充：「α

專屬的學校費用不是一般人可以負擔得起，你妹妹應該是迫於丁家才選擇那所大學，另外她現在怕人的個性也是因為丁家高壓的管制才會變成這樣，離開確實比較好，沒意外的話，成年就會被逼迫結婚了。」

賴田樂直接尖叫：「恬渝才十八歲！如果她願意的話當然沒問題，但是、但是——」

「基因婚約，丁家的手段，不外乎就是下藥……」

「你說什麼？」賴田樂激動地抓住夏德的衣領：「丁家那群白癡是瘋了嗎？要是真敢那麼做我就放瘋狗到他們家咬人！」

「汪。」

「……欸？」

賴田樂猛地鬆開夏德，可夏德扣住他的腰，好像很享受現在的情形，給人的感覺既慵懶又危險，酒香緩緩地竄上來，與他低沉的嗓音一起震動著賴田樂的心臟。

「別擔心，你的瘋狗在這裡。」夏德微微摩娑著賴田樂的後腰，掀起眼簾的瞬間，賴田樂便知道他不是在開玩笑，他又道：「不會有那種事發生的，只要你一句話，我都能幫你處理。」

「你總是說能幫我處理……」賴田樂撫平被他抓皺的衣領，第一次主動靠近夏德，問：「這樣真的行嗎？你不會有任何問題？你可是亞勃克的董事長，要是被人抓住把柄怎麼辦？」

「田樂。」

「我還沒說完——」

「我是有錢有勢的極優性α。」夏德停頓幾秒，強調：「極優性。」

而可憐的丁家從來沒有人是極優性α，一個執著於優性基因的家族，卻從來沒有成功過。

無從反駁。

賴田樂默默地閉上嘴，不說了，但眼睛直直地盯著夏德，彷彿還有意見，可對方說得也沒錯，讓他只能用眼神表示不滿，這明顯的小情緒看在夏德眼裡就覺得他是在撒嬌、還要人哄，可愛到不行，夏德也望著他，靜靜地、寵溺地，不一會兒賴田樂便發覺不對，主動飄開視線，爾後又覺得不能輸，瞪圓眼睛盯回去，接著就被夏德親了。

一觸即離的親吻，賴田樂呆了幾秒後才反應過來，只見男人意猶未盡地舔了舔嘴，說：「練習，你也不想在你妹妹面前露餡吧？設定……就當作是我們已經交往一年了？然後現在的設定是，因為戀人不滿的表情太可愛，所以忍不住想親。」

賴田樂以手背抹了抹唇，倏地將傾過來的夏德壓在靠背上，他的手指在男人胸前的衣釦上逗留，忍著害羞的情緒問：「你是不是以為只有你會？」

會什麼？夏德來不及想出答案，腦袋在賴田樂主動靠過來的瞬間被一片空白取代，暖暖甜甜的草莓牛奶接觸了他，這是比剛才還要更加深入的吻，賴田樂探出他軟軟的舌尖舔過男人的上唇，還調皮地輕咬了一下才退開，夏德的指尖微顫，想要奪回主導權的時候賴田樂又壓住他，掌心放肆地壓著他的胸口，劇烈的心跳彷彿被賴田樂蹭動的指腹掌控，夏德不禁發出難耐的悶哼，賴田樂則是紅著耳朵繼續慢慢地親吻他。

「現在的設定是，乖狗狗領獎勵。」

夏德情不自禁地笑出聲，難以壓抑的信息素宛如洩洪般傾瀉出來，他汪一聲，緊緊摟抱賴田樂禁錮住他，他的力氣根本無法贏過夏德，夏德輕而易舉地進行反擊，再汪一聲，夏德蠻橫地壓著他的後頸，就算賴田樂嚶嚶地掙扎依然沒有放過他。

他正在吞嚥。

賴田樂來不及嚥下的唾液全都被夏德舔走了，α的信息素全面向他襲來，賴田樂一時不知道是自己的身體開始燥熱還是夏德的一切太過於滾燙，他覺得自己似乎有兩種人格，一種還在猶疑，想要再等一段時間再打開他的小小心門，另一種則是放蕩地表示身和心都交出去沒關係，因為這人是那麼那麼……迷戀他，不論起因是什麼，賴田樂都能感覺到他的真心，所以還不確定能不能交出真心的自己才那麼矛盾。

「夏、夏德先生……先、等……唔。」賴田樂的雙手推拒著，但不管怎麼樣都推不開，最後只好抓住男人的頭髮用力地往後扯，兩人分開之時雙唇還牽著銀絲，賴田樂邊喘邊喝止：「夏德……！」

夏德仰著頭、噙著笑凝望著賴田樂，男人嘴邊的笑意總是淡淡的，但總能讓賴田樂神魂顛倒，他現在也只是散發著α的狂氣，繼續勾引著賴田樂：「終於拿掉那彆扭的稱呼了。」

「那是……！」賴田樂忍不住提高音量：「還沒有習慣所以還需要一點時間！」

「嗯，我們還有很長很長的時間可以讓你習慣。」夏德點到為止，深呼吸努力控制著信息素，邊摸賴田樂的唇邊說：「我也說說我的條件——不要有總有一天會離開的心態，田樂。」

「在家裡你要帶著頸圈，你也能感受到吧？我一直以信息素誘導你，那都是我故意的，我有時候就是控制不住，所以，在你想好之前，不要隨意解開。」夏德撫摸著賴田樂的後頸，繼續說：「你可以隨意進出這裡，但要讓我知道你去哪裡、做了什麼……相對的，我也都會跟你說。」

「就、就這些嗎？」

夏德搖了搖頭，說：「我希望你工作全辭了，以後的事情以後再說，你要是真的不放心，怕我反悔，我可以把我手上的股份挪一半給你。」

賴田樂完全不想細問是什麼股份，馬上拒絕：「不不不！」

「那不然我們現在簽字。」

「簽什麼……！」賴田樂擺了擺手，示意夏德不用真的回答他，「你不用這樣，我現在、是相信你的。」

「那再加一條，每天要有這樣的時間。」

「什麼時間？」

夏德靠上賴田樂的肩膀，輕聲說：「抱抱。」

眼前這高大的極優性α在跟他說抱抱。

請問這位霸道董事長是吃可愛長大嗎……！

賴田樂不由自主地也抱住他的脖頸，軟軟地答應：「知道了，要親親抱抱還要報備行蹤，然後待在家裡給你養，以上這些完全沒有問題。」

「好，剩下的我們一步一步慢慢來。」

賴田樂嗯聲回應，似乎在夏德的懷裡找到了久違的安心感，不知道，他覺得這兩天他的人生發生了天翻地覆的變化，這究竟是不是好事賴田樂還無法下定結論，但至少他昨晚一覺到天亮了。

睡得飽飽的，迎接新的一天，甚至還能坐下來悠閒地和他人一起享用早餐，真好，賴田樂想，吃飽睡好、不用思考下一份工作的感覺真好。

這是賴田樂第一次有這種想法，如果他真的是Ω的話，就能心安理得地享受這種好了吧？但是他還不是，賴田樂心知肚明，在去做檢測確認之前，他仍然是β。

一無是處卻仍然試圖掙扎的可憐β。

# Chapter 2

# 開花結果的那天

丁恬渝的行程以及一舉一動都需要主動進行報備，不論去哪裡都會有人專門接送，基本上完全沒有隱私，所以賴田樂通常都是明目張膽地和司機一起等待丁恬渝，起初賴田樂用盡一切方法惡整那位司機，只為了爭取和丁恬渝相處的時間，久而久之，賴田樂也算是認識了對方，所幸司機人也不壞，後來擋不住賴田樂的煩擾，願意妥協偷偷幫助這對兄妹，雖然能夠見面的時間不長，但對那個時候的賴田樂來說也足夠了。

然而最一開始，丁恬渝並不願意和許久未見的哥哥相認，那一年賴田樂二十一歲，丁恬渝十七歲，正值高中三年級，賴田樂在她的校門口等待她，其實第一眼賴田樂就看出來了，丁恬渝認得他，卻無視他逕自地上車離去。

骯髒的血脈，不知廉恥。

賴田樂當下便想起丁家曾經的辱罵，不過他並不氣餒，繼續準時出現在校門口，第二天、第三天、第四天、第五天……丁恬渝終於在他的面前停下來，說：「不、不要再出現在我的面前了，我……我很困擾！」

「討厭我了嗎？還是在生我氣？」賴田樂像是怕驚擾對方，語調溫柔：「我一直試著聯絡妳，但都被他們阻撓了，抱歉，我不是想要為自己的無能找藉口，只是……我三年前才從姑姑那邊搬出來，現在才比較穩定，我想，如果妳願意的話——」

「請不要自說自話。」丁恬渝冷酷地打斷賴田樂，踏出腳步從他的身邊掠過，「你知道的吧？我分化……分化成α了。」

「那又怎樣？」

丁恬渝在車門前一頓，懷疑自己是不是聽錯了，緊接著下一瞬間一隻手用力地咚向玻璃窗，丁恬渝嚇得回過頭，只見賴田樂站在她身後，冷聲道：「我就算是β也還是妳哥，我不管其他人怎麼說，但曉唯阿姨是這樣教妳的嗎？」

「阿、阿姨？」丁恬渝不自覺地放大音量，終於直視賴田樂質問：「你怎麼能稱呼、稱呼媽媽為阿姨！」

「那妳這些年來有去看過媽嗎？」

「我……！」

彷彿說到痛處，丁恬渝紅著眼眶推開賴田樂，賴田樂反抓住她，聲音有些哽咽：「那一起去看吧，妳再給我一點時間，離開丁家和我一起住，好不好？」

「可是，哥……」丁恬渝甩開賴田樂，背對著他說：「我們怎麼有辦法違抗他們？」

「現在和以前不一樣了……！」

「哪裡不一樣？」丁恬渝打開車門，在進去之前說：「你會被他們針對的，會過得比以前還要更加悽慘，不用管我了，哥，就像你說的，我、我……是這些年來都沒有去看過媽媽的壞傢伙。」

丁恬渝並沒有回頭，卻盯著映照在照後鏡的那人直至消失，她以為這樣就結束了，忍不住在後座上偷偷流淚，那些人都能對親生骨肉如此殘忍，連最後送走媽媽也不願意，天曉得會對β的賴田樂做出什麼事情，這樣就好，她想，不料隔天賴田樂照常出現，還說著與昨天完全不相關的話題。

例如最近的興趣？喜歡吃的東西？又或者在學校有沒有喜歡的人？丁恬渝覺得荒唐，甚至這幾天賴田樂直接坐進車裡和她聊天，雖然大部分時間是自言自語，司機到了某個街口就會放他下來，賴田樂笑著解釋說司機被他賄賂了，給了某家有名酒吧的招待券，丁恬渝傻眼，可時間一天一天過去，丁恬渝開始期待課後的那一丁點時間。

她推薦了幾本自己喜歡看的小說，根本沒想過賴田樂會很熱絡地與她討論，喜歡哪個角色、哪邊的劇情很精彩，有共鳴的話題讓丁恬渝久違地興奮起來，一直以來個性都很害羞的她並不擅長與人溝通，曾經丁家的人也很不喜歡她這樣的性格，在失去母親和哥哥之後她更是將自己封閉起來，可當分化檢測結果出來後，丁家對她的態度就改變了。

他們開始變得嚴格、開始掌控她的一切，似乎還想要控制她的人生，丁恬渝其實都知道，也知道自己滿十八歲的那個生日，她就要和某個不認識的Ω結婚了，所以她比任何人都還要珍惜和哥哥相處的時間。

躲不了也堅持不下去，就面對吧、就珍惜吧，她的哥哥那麼好，神采奕奕地說著哪個角色很帥氣，是的，這是她放在心裡深處，最好最好的哥哥。

為什麼她會是α呢？丁恬渝覺得自己一點也不配，她根本沒有α的勇氣，只能膽小地將自己的心意藏起來，她也知道賴田樂還沒有放棄，一直想要說服她離開丁家，她也想啊，可是後果誰能承擔？

奶奶曾經就有一次發現她和賴田樂還有所聯繫，因此把她關在小房間內藉此懲罰她，裡面甚至放著一位發情的Ω，那一刻，丁恬渝才真的認知到自己是α，也就是在那一天，她患上Ω恐懼症，幸好那時候她的司機偷偷帶了抑制劑給她，否則後果不堪設想。

這件事情丁恬渝一個字都沒有和賴田樂說過，她不想要讓賴田樂擔心，也不想讓他知道養她長大的人是如此噁心可笑，她只是依然珍惜他們相處的片刻，直到十八歲生日的那一天，她能努力控制的人生就會到此結束。

所以她不知道眼前那個坐在賴田樂旁邊的狗東西……不，坐在賴田樂旁邊的男人是怎麼回事，她認得他，亞勃克的創辦人，雖然從來沒有對外公開，但上流聚會總是會有那麼一個焦點，極優性α，丁恬渝也只看過一次，那人的氣場她永遠忘不了，冰冷的、銳利的，絲毫沒有要隱藏自己鋒利度的可怕α，僅僅一眼，丁恬渝就覺得自己會死，那是屬於α之間才能察覺到的鬥爭，她已經死了，在這場鬥爭中。

暑假被關在家裡的丁恬渝本來還在想要怎麼和司機串通好出去和賴田樂見上最後一面，可賴田樂發過來的訊息讓她十分困惑——『等會有人會去接妳，不用擔心，丁家的人不敢攔，妳上車就行了。』

什麼意思？

意思是連奶奶也要卑躬屈膝地迎接停在他們家門口的那台車。

丁恬渝疑惑地上車，只見一名有些年邁的男性接待她，並和藹可親地告訴她沒事，賴田樂先生正在等她，接著他們來到了一個高級社區，丁恬渝愣愣地下車，在電梯前看見前來迎接的賴田樂也一時說不上話來，後來，就是現在這個畫面了。

那個超級可怕的極優性α還在她的面前摸著哥哥的後頸，而她的哥哥不知道為什麼帶著黑色的頸圈，那擺明就是在性騷擾，一個α光明正大地在騷擾Ω的感覺。

丁恬渝搞不清楚了。

她的β哥哥甚至渾身上下都是α的信息素，而且嘴唇好像有點腫。

「抱歉，哥哥，可以請你再說一次嗎？」

「這是我男朋友。」

夏德點頭，也開口介紹自己：「我是田樂的男朋友。」

幹嘛覆誦。

要介紹自己好歹也要說出名字才對吧。

請問這個本該酷霸跩的極優性α是怎麼回事。

一堆傻眼困惑的話一下子堵到喉嚨，丁恬渝暫時無法發洩出來，只能以一種難以理解的目光在那兩人之間徘徊，賴田樂則是尷尬地乾咳，繼續解釋：「其實我們交往一年了……我本來想更穩定點再跟妳說，我看妳好像也認得夏德，妳知道的，需要一點磨合期，畢竟我們之間有著身分差距……唔？」

夏德直接了當地按住賴田樂的嘴，說出結論：「詳情我都聽田樂說了，可以的話請妳從丁家搬出來，剩下的我負責，看妳之後想住樓下還是哪裡都行，還有，妳哥哥的餘生我也會負責，妳不用擔心。」

丁恬渝很少與這種大人物面對面對話，可是為了哥哥，她還是鼓起勇氣應：「我、我怎麼相信你？」

「妳相不相信我一點也不在乎。」夏德冷聲應，他放開賴田樂，又道：「但田樂在乎，所以我也會試著讓妳相信，盡我所能。」

「您說得好像很簡單，可是現實哪、哪有那麼容易……」

「丁恬渝小姐。」

「是？」

「我只要一個指令和一些時間，就能讓折磨你們的那群人消失。」夏德像是在進行談判，一一露出他的籌碼：「丁家的陋習幾乎沒有人不知道，只是因為牽扯著龐大的利益所以一直沒有被報導出來，我有證據可以制裁他們每一個人，毫無例外。」

「就是這樣。」賴田樂接著補充，他偷偷在桌子底下捉住夏德的衣袖，彷彿這樣能夠得到繼續說謊的勇氣：「至於後續會怎麼樣也不用擔心，因為我男朋友……是有錢有勢又很猛的極優性α。」

夏德垂下視線盯著賴田樂的手，爾後抬眼靠近以氣音問：「多猛？」

賴田樂猛地捏了下男人的手臂，沒有理他，視線往前，好像只在乎著丁恬渝的回答，但從夏德的視角來看，賴田樂的耳朵連著後頸的那片肌膚都紅了，紅通通的，很可愛、很誘人，讓人想立刻留下一些痕跡，可不大不小的黑色頸圈卡在那裡，它服貼著賴田樂纖細的脖頸，明明是為了遏止α的東西，看起來卻十分情色性感。

尤其賴田樂特別適合黑色。

「我、我大致明白了，哥，如果你相信他的話，我好像也沒有立場質疑夏德先生……所以，我都聽你的，哥。」

「欸？」賴田樂愣了愣，「真的嗎？」

「確實一開始很可疑……可是我也是α，所以能夠明白夏德先生，哥你全身上下都是、都是夏德先生的味道，好像是在警告別人不可以碰……現在連我也不太想靠近你……」丁恬渝說得扭扭捏捏的，時不時地看向夏德，似乎是在拿捏著說詞：「一個、一個α做得如此露骨，只有一個可能，他控制不了刻印在我們……本能上的劣性。」

夏德聞聲，漫不經心地抬頭，只見丁恬渝的目光終於不再閃躲，直視著他道：「您有多喜歡我哥哥我已經感受出來了，但太喜歡並不是件好事，很有可能會傷害到我哥，α就是這樣，而且我哥是——哥？」

在丁恬渝發問之前，夏德早一步察覺，下意識地伸出手接住賴田樂滴落下來的淚水，他愣愣地看著掌心，反應過來的瞬間就想把賴田樂扛走安慰，賴田樂卻馬上按住他，抹去淚水說：「抱歉，你們繼續……沒事，我緩緩。」

「你在哭，怎麼可能沒事。」

「哥……！」

賴田樂揮了揮手，頓時覺得自己有點好笑，努力抑制著淚水，哽咽著道：「我只是……以為、我很擔心……我是多管閒事，怕妳拒絕我，也不知道自己究竟有沒有那個資格去請求妳答應我的私心，一直以來我還像個變態一直纏著妳，讓妳困擾了吧？可是、不管怎麼說，妳依然是我的寶貝妹妹啊。」

「對不起。」賴田樂越說越忍不住，只能低著頭掩飾自己，「哥哥那時候沒有勇氣帶妳逃出來，讓妳錯過了媽媽的葬禮對不起……沒有能力幫助妳也很對不起……」

「哥哥！我沒有怪你的！」丁恬渝激動地站起來喊，她的眼眶也紅了，捏著拳頭咬牙說：「媽媽走的那個時候，你也還沒有成年啊！我、我怎麼會怪你……」

她在對自己生氣，不論是過去還是現在，她都討厭那個膽小自私的丁恬渝。

「我反而、在得知自己分化成α的瞬間，無恥地鬆了口氣，因為那樣我就可以留在那裡，不用擔心下一餐會在何處，我不會被拋下了、不會一個人，是我……！是我自私地拋下哥哥，這樣的我，現在怎麼還能夠厚臉皮地跟著你呢？」

丁恬渝邊說邊笨拙地抹去淚水，她哭得跟小孩子一樣，如同以往，她的哥哥出現在她的眼前，溫柔地拍著她的頭，說：「恬渝，我也很慶幸妳分化成α。」

丁恬渝抬起頭看向賴田樂，很顯然她並不相信賴田樂說的話，賴田樂的眼角帶淚，但他在他的妹妹面前已經停止哭泣，他笑了笑，替女孩把髮絲撥到耳後，說：「這樣妳起碼不會被欺負，在社會上大家都對α很寬容，是不會被人瞧不起的。」

那些話裡，藏著多少屬於β的委屈，丁恬渝哭著低喊：「哥哥……」

「恬渝啊，這只是我的心願，妳聽聽就好。」賴田樂放柔的嗓音述說著他長久以來的心願，既真摯又誠心：「我希望、我們的恬渝能夠開心地做自己想做的事情，隨心所欲、自由地……不用看誰的臉色，也不用時時刻刻擔心煩惱他們想做什麼，然後妳也會找到一個深愛的人陪伴妳，到那個時候，我們一起去看媽媽吧？一起和媽媽報備，我們過得很好很好喔、請不用擔心……」

丁恬渝放聲痛哭。

她一邊道歉一邊喊著哥哥、媽媽，將這些年來的孤寂和愧疚全部發洩出來，她才是罪人，那個拋棄了哥哥和母親的罪人，而她在丁家所受的待遇就是她的懲罰，現在她竟然還貪圖那些安逸自由的日子，可以嗎？真的可以嗎？她消極慣了，也不知道如何做出決定，只是再一次把問題推給賴田樂——都聽哥的，之後會如何她不知道，並且可笑地遷怒夏德。

明明都是α，為什麼差那麼多？為什麼哥旁邊的位置是他？為什麼那麼容易就解決了她下定決心才能終於坦然面對的難關？這或許就是先天上的差距，但丁恬渝其實也知道並不是那麼一回事。

她在為自己的無能找藉口。

先不論性別，從旁人的視角來看，夏德望向賴田樂的眼神完全不一樣，丁恬渝認為她在聚會上看到的夏德以及在她眼前的夏德都是真的，那是屬於α的直覺，屬於身為α的她最後的信心——這個人只傾心於他的哥哥。

信息素不會騙人。

她知道陷入戀愛的α會是什麼樣子，可她在很久之前就已經出局了，現在也只是貪圖那溫暖的擁抱，再一會、再一會……她聽到她的哥哥抱著她說：「我們不要再和彼此說對不起了，說實話，那有點蠢，是吧？」

丁恬渝又哭又笑，她兩手笨拙地擦拭臉上的淚水，抬起頭迎向賴田樂，半開玩笑地道：「那說謝謝吧，哥，謝謝……謝謝你交了這麼有錢有勢的男朋友。」

賴田樂眨了眨眼，隨即笑出聲，回頭看了一眼守在他身後的男人，低聲附和：「是啊。」

此時的夏德默默地拿了一整盒衛生紙過來，賴田樂看他依然是面無表情的樣子，但莫名讀出了一絲狗狗乖巧等待主人求誇誇的感覺，他抽了幾張遞給丁恬渝，夏德則是主動拿著衛生紙輕觸賴田樂的眼角，不著痕跡地將賴田樂拉向自己，賴田樂瞇起眼睛乖乖地待著，說：「抱歉，是不是嚇到你了？就、突然這樣……」

「以後再也不會發生會讓你哭泣的事情。」

他說得是那樣輕描淡寫又如此肯定。

賴田樂微微一頓，突然伸手抽走夏德手上的紙巾自己擦、擤鼻涕，他低著頭，抓住夏德的衣角，聲音微弱地說：「謝謝，我是說真的……謝謝。」

夏德靜靜地凝望著他，此時此刻真的很想拿一塊柔軟又溫暖的布將這個人包起來寵愛安慰，他總是將自己的溫柔和心願獻給他在乎的人，上一次是他，這一次是妹妹，真好，夏德不由得羨慕起來，能夠佔據賴田樂的內心可真好。

「那個、夏德先生……我、我有一些話想對你說，α對α……！」

夏德慢慢地將視線轉移到丁恬渝身上，見狀，賴田樂對此發出疑惑：「等等、恬渝，這是什麼意思——」

「這、這是α之間的對話，啊並不是排擠哥，我是說、這是小姨子的考驗！」丁恬渝賣力解釋：「哥哥未來的α，我要再稍微了解一下！還是說，哥哥覺得我多管閒事……」

「不是！我沒有那個意思！妳、妳關心我我當然很高興……」

賴田樂不清楚他們會說到哪個部分，說不定他的謊言會被拆穿，可是、可是這是妹妹久違的要求，賴田樂糾結一番，不管了，轉頭瞪圓雙眼看著夏德，抿著嘴拉起嘴巴拉鍊示意，夏德又是看著，想將可愛的賴田樂收藏起來，爾後才迎向丁恬渝的視線，頷首說：「跟我來。」

他們來到另外一個小房間，在關上房門的瞬間，丁恬渝背對著夏德深吸口氣，想要開口時，夏德先一步說：「妳說得對，因為太喜歡了，所以很危險，不過我並沒有打算放開田樂，我知道妳在擔心什麼，但田樂之後也會習慣我。」

丁恬渝沒想到對方會那麼直接，支支吾吾好一陣子後才反駁說：「可是您是極優性α，再怎麼樣哥也只是——」

「妳現在是以α的身分還是田樂妹妹的身分在警告我？」夏德直說：「妳喜歡田樂，因為都是α，所以知道。」

丁恬渝像是被說中似地露出宛如世界末日的絕望表情，她想要再次反駁，明明是鼓起了勇氣才會在這裡，然而在夏德的面前卻說不出那笨拙的謊言，她不安地抓著手臂，說：「我、我永遠不會表明我的心意……我只是想確保哥哥的幸福。」

「為什麼以前不這麼做？妳的親戚對田樂並不好，那時候妳在做什麼？」

「哥、哥哥他……！」

「我不會像田樂那樣安慰妳、寬恕妳。」夏德無情地打斷丁恬渝的話，看她如此不安的樣子，沉默幾秒，繼續說：「但是我答應田樂了，所以妳以後有什麼問題、誰欺負妳了，也可以找我，今天妳不回去也行，我都準備好了，妳可以住在樓下。」

「為什麼……為什麼做到這種地步？」

「因為是田樂的心願。」夏德理直氣壯地說，彷彿賴田樂要一顆星星他也會馬上買下來，「曾經他把全部都給我了，而我也只是在那麼做。」

「什麼意思？」

「我是為了田樂才站到這個地方，妳呢？明明也有優勢，卻什麼都沒有做。」

他說得一針見血，丁恬渝一句話也反駁不了，只能愣在原地，後來夏德也只是略過她，冷冷地問：「這場對話結束了嗎？」

丁恬渝感到難堪，她點了點頭，又聽夏德離去前說：「現在開始也來得及，畢竟那是妳哥哥，不管怎樣，好好珍惜。」

夏德絲毫沒有將自己的攻擊性藏起來，其他人怎樣都無所謂，唯有賴田樂……曾經他受過的委屈，就算只有一點點，他也要討回來，明明有機會做到、明明能夠靠近，為什麼卻什麼也不做？夏德不禁那麼想，因為當時的他連一眼都不能看。

他可是在哭啊。

一個人在葬禮上哭得撕心裂肺，手機那端卻永遠沒有人接聽，他只剩一個人了、一個人抱著母親的骨灰離去、一個人處理所有的後事、一個人扛下那不可理喻的債務。

他每次想起來都會對自己感到憤怒，本來應該捧在手心裡呵護的。

夏德隱忍著情緒，走出來迎向小跑步來的賴田樂，他抓著夏德著急地問：「怎麼只有你？如何？說了什麼？」

「沒什麼。」夏德輕觸著賴田樂微微發紅的眼角，問：「眼睛痛不痛？」

「啊沒事了啦……」賴田樂聽到聲音立即探頭，大聲呼喚：「恬渝！這傢伙有沒有欺負妳！」

丁恬渝微微一笑，表情似乎有些變了，給人的感覺也有點不一樣，她說：「欺負了。」

「什麼！」

夏德並沒有急著反駁，反而冷靜地道：「我跟她說，可以住在樓下。」

「喔、喔。」

「哥哥，我不回去丁家了。」丁恬渝也沒有繼續說『欺負』的內容，她笑了笑，握緊拳頭說：「還有以後，我會試著鼓起勇氣，成為一個優秀的α。」

賴田樂沒領情，直說：「誰管妳優不優秀，只要平平安安開開心心就好。」

「哥哥也是啊！」

「放心。」賴田樂勾住夏德的手說：「我可是有這位呢。」

「他才是危險的存在……」

「什麼？」

「沒事！」丁恬渝走到沙發處拿起自己的外套，她背對著兩人捏緊手中的布料，重新整理好心情後道：「時間差不多，我就不打擾你們了，但我明天還是想回去拿東西，可以嗎？」

「隨妳，妳下去後會有管家帶你，要去哪也跟他說就好。」

「好，謝謝您。」

「不用管丁家吠什麼，做妳想做的就好。」

「我知道了。」

看他們這樣你一句我一句的，賴田樂還沒有進入狀況，「等等、恬渝這麼快就要走了嗎？真的沒事吧？我還有些話——」

「哥，已經很晚了，而且新環境我想早點看看。」

「但也不至於……唔。」

夏德從後面按住賴田樂的嘴，丁恬渝馬上意會，揮了揮手道別，但沒走幾步她又回頭奔向賴田樂擁抱他，站在賴田樂身後的夏德接住往後傾的他，丁恬渝只維持這個動作幾秒便重新站好，她輕聲說了句謝謝哥哥，接著鞠躬，轉頭小跑步離開。

賴田樂愣愣地揮著手直到大門關上，他努力憋著淚水，回頭向夏德朗聲道：「你有沒有看到！我妹妹超級無敵可愛！」

瞧他驕傲的小模樣，夏德的唇角勾起淡淡的弧度，溫柔地應聲：「嗯。」

「我也要跟你說謝謝……」

「謝謝說過了。」夏德將賴田樂轉向自己，他自然地摟抱著他，說：「給我獎勵。」

「親、親親？」

「好。」

賴田樂有點緊張地牽住男人的手，慢慢地十指緊扣，他拉著他的手，在夏德的注視下於手背落下一吻，接著手指、指尖，現在才掀起眼簾對上目光，夏德並非無動於衷，也許賴田樂沒有意識到，但他正在散發著信息素討好他，夏德知道還不是時候、還不是……他沙啞地道：「辛苦你了。」

「你才是，之後就要麻煩你了。」

「我是指，以前一個人撐著辛苦了，以後有我在。」

賴田樂第一時間沒有回應，他的嘴唇掀掀闔闔好一陣子都沒有說出話，喀啦，他好像聽到了心房的小門被轉開的聲音，那名男人要走進來了，並且還想將裡面佈置的溫暖舒適，不習慣、不習慣，賴田樂還沒有準備好，他想要把夏德給推出去。

「……不要。」賴田樂懦懦地道，他鬆開夏德的手，憋屈地繼續說：「你說不要有離開這裡的心態，可是如果依賴慣了，我一個人就會孤單死，其實日子也沒有那麼差，真的，雖然有些人是超級混蛋，但我也有遇到很多很多溫暖的人……所以才有現在的我。」

「我、我……隱瞞不下去了，對不起。」賴田樂懼怕說實話眼前的東西都會消失，如果真的這樣，他很有可能會一蹶不振，明明一切都要往好的方向發展了，可是夏德分分秒秒都在為他著想，他怎麼能繼續隱瞞，「其實、其實我根本不是Ω，我只是β，所以完全不知道你說的味道是什麼……我曾經就被人說過，只不過是β，憑什麼搶出頭，才不是！我活得正正當當，就是有個人魅力啊有什麼辦法！因為我超級無敵棒！」

「嗯，你超級無敵棒。」夏德捧著賴田樂的臉蛋，不合時宜地親了一口，說：「還有你是β這件事情我知道。」

賴田樂怔了片刻，既茫然又緊張地問：「你、你知道那為什麼……」

「我本來還想要維持這樣久一點，因為說謊而愧疚的你一定會答應我的任何請求，但是，田樂，你就是我的Ω。」

「是什麼二次分化嗎？」

「不是，你原本就是Ω，只是因為一些原因信息素被阻礙檢測不出來。」

「什麼、什麼意思？」

「你的爸爸以前不是醫生嗎？」

「是……？」

「他長期購買違法的加強抑制劑。」夏德淡淡地說出他幾次以來調查出來的猜測結果，「我猜想，那應該是用在你身上。」

「什麼？」賴田樂聽得一頭霧水，意想不到的發展讓他腦袋空白，但仔細回想起來，確實有著可疑的點，「等等、小時候似乎有好一段時間，爸爸都會給我打針……說是營養劑，咦……？」

「長期下來就產生了不好的副作用，更何況從小就這樣子做，導致你的腺體和信息素無法正常發育、運作，成了一個假β，所以你的檢測報告才是β，如果我想得沒有錯，你需要一些誘導因素，強烈又優秀的誘導加上你的努力，如果你情動了，那麼也會有所幫助。」

夏德的話一字一句地戳進賴田樂的回憶，與爸爸單獨過著的那段日子，並不算是過得太差，他與爸爸住在鄉下，開了一間小診所，一開始所有人都很和善，畢竟鄉下地區資源匱乏，很多人生病都要到大城市治療，直到爸爸身為Ω的身分被發現。

不論在哪裡都會有那種人，根深柢固的歧視、引人發笑的老掉牙想法，一個男性Ω沒有α卻帶著一個孩子，不知羞恥，是不是哪天又會勾引α？有著發情期的醫生真的可靠嗎？賴田樂記得總是會有人特地來診所找碴，但爸爸每一次都不會追究，然後忽然有那麼一天，一個和爸爸有著類似遭遇的Ω出現在他們的面前。

一名女性Ω帶著一個孩子逃到了這裡，即是丁曉唯以及丁恬渝，他們四人一起生活的回憶像是被美化過，賴田樂從來沒有去碰它，因為他希望那些記憶一直一直那麼美好，然而現在他搞不清楚了。

為什麼爸爸這麼做？賴田樂逐漸感到恐慌，抓著夏德發顫地道：「我、我不明白……」

「不用擔心。」夏德一點一點地散發著信息素，試圖安撫陷入不安的賴田樂，「我會幫你找到真相，你父親這麼做的原因、他失蹤的理由……沒事的，田樂。」

「我不知道……」賴田樂無助地抗拒著，「我、我害怕……知道……」

太早跟他說了，夏德心想，他心疼地擁抱著賴田樂，不斷地柔聲安慰，好一陣子後賴田樂才緩和好呼吸的速度，他靠在夏德的胸膛，放任自己吸取那令人安心的味道，又沉默了幾分鐘才重新振作起來：「我、我要面對，我必須知道……所以，還是要麻煩你了，直到現在，我依然不知道我爸是生是死……」

「老實說，我好累，每天都好努力了，真的好努力好努力。」賴田樂說到這裡終究沒忍住，那些在丁恬渝面前藏起來的淚水潰堤了，小小的淚珠砸下來，一滴一滴地砸進夏德的心中，夏德的心也跟著一顫，聽他委屈地邊哭邊說：「我也想要被愛啊、想要有人誇誇我，爸爸為什麼突然離開、媽媽怎麼就這樣走了、恬渝怎麼辦？我知道我想帶走恬渝也只是為了滿足我自己，好像這麼做了，不安的心才會安定下來，我僅僅是……想要有人陪我，每次我都想如果、如果有人非常非常喜歡我就好了，你知道嗎？我的理想型是帥氣、強悍又深情的人，因為我也想成為那樣的人，如果我是帥氣的α、如果我足夠強悍又或者如果我是對丁家有用的Ω……會不會一切都不一樣？我沒有可以奮鬥的條件，因為我是一無是處的β——可是你現在又跟我說，我其實是Ω？其實不用裝Ω？那我之前的那些、又算什麼……」

賴田樂哭得很凶，他整張臉都是淚水，像是要把這輩子受過的委屈全部發洩出來，「又算什麼……算什麼……我知道Ω也會有自己的難關，可是、可是……」

他沒有繼續說下去了。

夏德輕輕地捧起賴田樂的臉，賴田樂閉著眼掙扎，說著『不要看』，夏德卻固執地替他抹去淚水，曾經的花毒疼痛都沒有讓他那麼無法忍耐，現在的他甚至手在發抖，賴田樂似乎察覺到了，掉著眼淚沒有說話，夏德皺著眉，聲音嘶啞：「我並不是、想看你這樣才跟你說這件事情。」

「我只是想讓你知道……不管你是α、β還是Ω，我要的就只是賴田樂，田樂……」

夏德垂首靠在賴田樂的額頭，真誠地低聲道：「我愛你，非常非常愛你，不論你身在何處，我都會找到你，所以沒關係，你想哭，我的肩膀借你，你感到不安，我會陪著你，你害怕，我就一直一直牽著你的手，聽著，田樂，你並不是一無是處的β，你是非常努力、非常非常棒的賴田樂。」

賴田樂愣了愣，哇一聲又哭出來了。

「我、我又沒有怪你！我只是想要抱怨……幹嘛突然……！你很煩！你以為你是什麼總裁大人嗎為什麼總是那麼帥！在我自暴自棄說完那些後帥氣的告白……你帥氣又強悍就算了，幹嘛還加一個深情的屬性，而且真的只執著於我、只對我好，對其他人還很冷漠，還有反差可愛……你是怎樣啦……你幫我的這些夠我一輩子都給你了。」

「下輩子也給我吧，我會去找你。」

「找得到再說……！」

「你會喜歡上我的，因為我就是你的理想型。」

看他說得那麼理所當然，無從反駁的賴田樂不禁邊哭邊說：「這還需要你本人說出來給我聽嗎！」

「我說要包養你、幫你都是靠近你的藉口，只有這樣，我才能馬上把你放在我身邊。」夏德抹去賴田樂的淚水坦承地道，他凝視著賴田樂，一字一句地說：「田樂，謝謝你，謝謝你堅持到現在。」

「你到底、我還是很不明白……」賴田樂哭得眼睛快要睜不開了，「什麼浪漫主義還是命中註定我不懂，為什麼是我、為什麼喜歡我……」

「因為我愛你。」夏德親吻在賴田樂的眼簾上，柔聲說：「生來如此。」

「你、你根本是情話達人……」

「我說的每一句話都所屬事實，你可能不會相信，但我就是知道，我會喜歡上賴田樂，不管發生什麼事情、都只會對你心動。」夏德笑了，溫柔而低沉的嗓音聽起來竟然有些哽咽，「我們之間的相遇沒有什麼特別的理由，像是命中註定，真的……你相信嗎？」

因為賴田樂向丁恬渝說了自己的理想型，所以他們在那個地方相遇了。

因為賴田樂替他許下了心願，所以他們在這裡再次相遇了。

夏德至今回想起來依然覺得不可思議，他永遠不會忘記那份悸動，現在也只是延續著——不，或許還在加深，他貪得無厭又偏執，怎麼可能放得下賴田樂？

「我以前從來不相信命中註定還是命定的α和Ω，現在我相信了……」賴田樂嗚咽著，黑色的眼眸亮著水光，他抽著鼻子繼續道：「我也不知道該怎麼說……認真講我們才認識不到兩天耶？那些話我從來沒有想過能和人傾訴，可是為什麼你、那麼……好像我們認識了很久很久，也許，我想、從你拉住我的那一刻，我就對你一見鍾情……心生嚮往……」

他生來如此，會愛上他。

那些過往的回憶在長久的時間裡流淌，逐漸變得模糊，但夏德此刻卻清晰地想起來了，明明知道、明明聽過，然而再來一次，夏德依然為此紅了眼眶，他顫著音說：「不准反悔。」

「那是我的台詞。」賴田樂破涕為笑，甚至親自將夏德拉進他的小心房，他踮起腳尖，在男人的唇前停下來，「……你的信息素再給我多一點吧，最好是能讓我馬上發情的那種。」

「你的身體還不能。」

「喔。」賴田樂退開，以一種無辜的語氣問：「所以你做不到？你想做什麼都可以喔……真的不能嗎？」

「田樂。」

「嗯？」

「我想幹進你的生殖腔，在裡面成結射精，想咬遍你的全身做記號，讓你裡到外都是我的味道，想舔你的胸，或許有那麼一天，你會為了我們的孩子分泌乳——」

賴田樂又羞又急地扯著夏德的衣領吻上去讓他閉嘴，然後馬上退開，滿臉通紅地問：「不是、不能先講個健全的版本嗎？我看還是、還是慢慢來好了……我還沒做好心理準備。」

「現在最想做的是吻你。」

賴田樂一頓，抬起頭凝望著這麼說的男人，他真的釋出了更多的信息素，賴田樂慢慢地、慢慢地點頭應答，他沉醉在於此，散發著花草香氣的威士忌將他包圍，炙熱的呼吸落在賴田樂的肌膚上，男人越靠越近，他摟著他的腰，兩人的下腹貼在一起，賴田樂立即感受到那硬挺的部位正在頂著他，毫無遮掩地展示著強烈的存在感。

……他好像不該挑釁人家的。

夏德一手壓著他的腰，一手探入針織外套內隔著薄薄的布料撫摸他的背，還刻意在敏感的耳處呼氣，賴田樂顫抖地側頭避開，卻在α的面前露出脆弱的脖頸，那裡散發著微弱的味道，沒有人知道、沒有人察覺，只有男人能竊取擁有。

「田樂，我要吻你。」

他改變說法。

賴田樂的呼吸不由自主地加快，一不小心吸入更多更多的信息素，頭昏腦脹的他無法思考，原本擱在後面桌子支撐的手不知不覺抓住夏德的衣角，下半身也因為強烈的味道跟著起反應，男人的臂膀壯碩有力，將軟綿綿的他壓頂在懷裡親吻。

夏德只穿了一件深色襯衫，捲起的衣袖露出陽剛的手臂線條，賴田樂有種兩隻手也抵擋不住夏德一隻手的錯覺，突起的褲檔還在頂弄著他的下腹，這性張力十足的男人對賴田樂來說太刺激了，他無助又脆弱地搖頭躲開。

「不、不要……這太多了、怎麼會這樣……？總覺得、會……會射，不可以……」

「為什麼不可以？是你要的。」夏德的拇指磨蹭著賴田樂的嘴唇，他的聲音低沉性感：「射給我看。」

「啊、不要、不要壓……」

賴田樂想推開夏德的胯，夏德便擠過去蹭，明明連褲頭都沒有解開，賴田樂卻覺得真的快要不行了，過多的α信息素讓他混亂不已，脖子耳朵都紅了一片，眼神不知道是迷茫還是迷戀，他醉倒了，倒在α的侵略，優性α確實能使人發狂，夏德光是一句張嘴就能讓賴田樂渾身發顫。

然而醉得一塌糊塗的另有其人。

夏德做不到慢慢來，瘋了、瘋了、要瘋了——他發瘋似地吸取著賴田樂的嘴唇以及唾液，吞嚥的聲音在這寂靜無聲的空間顯得響亮，他等待已久、迫不及待，每一次的親吻都警告著自己不可以太超過，可是這一次，為什麼還需要忍耐？賴田樂已經來到自己的懷裡了，味道甜得令人發昏，Ω的信息素也被他引了出來，成為信息素俘虜的人是他，而賴田樂只是被他騙的小可憐。

賴田樂靠著夏德的信息素、親吻和磨蹭高潮了。

那微妙的發顫、可憐的嗚咽和濃郁的香氣都讓夏德陷入無可自拔的興奮，他舔著唇，臉上依然沒什麼表情，眼神卻是炙熱猖狂，一名極優性α分秒之間就能讓普通的Ω發情，但只有賴田樂能夠讓夏德發情。

他想聞。

賴田樂可憐地悶在裡面射精的味道。

他想舔。

濕漉漉、顫巍巍，重新勃起的粉色性器。

他想看。

因為他而控制不住流水的後穴以及為此不知所措哭吟的賴田樂。

夏德依循著慾望的唆使扯下賴田樂的褲子，黏稠的液體沾在內褲上，賴田樂死命地抓著最後的布料掙扎，可當親眼看見夏德蹲跪在他的面前，賴田樂不自覺地鬆開力道，恰巧給了夏德機會，他扯開賴田樂的手，一併褪去內褲，半勃的陰莖即映入眼簾，粉色的性器帶有白色的精液，他的腿又在發顫，看起來既色情又可憐，夏德湊過去，雙手攬住他的大腿和屁股揉捏，接著張嘴迎合賴田樂因為他的吐息而重新勃起的性器。

他一邊舔弄著前端，將他射出來的精液全部舔乾淨，一邊又在嗅聞著賴田樂的氣味，賴田樂當然有發現，但現在的他只能全身發抖，彎下腰推拒著男人的腦袋，他咬著下唇忍耐，但實在是太難了，男人深入吞吐著，猛烈的刺激很快就讓賴田樂在濕熱的口腔中再次發洩出來。

一些無可自拔的哭吟和喘息斷斷續續地傳進夏德的耳裡，他故意在賴田樂面前吞進去，賴田樂先是震驚，後是捶打夏德要他吐出來，夏德沒有回應，抱住那兩條筆直的白腿，直接將人扛在肩上帶走。

他們來到臥室，夏德將賴田樂放在床上後便回頭到櫃子前拿東西，賴田樂盯著天花板發愣，一邊扭捏地拉著衣服下擺，試圖遮掩光溜溜的下半身，他的腦袋暫時還無法思考，夏德、極優性α、跪下、口交、幫他……腦海中只有零碎的詞，但賴田樂也知道剛才發生了很不得了的事情。

第一次被人舔，真的是爽到不要不要。

特別是夏德舔著他的性器往上看他的畫面，太刺激了，明明被服侍的人是他，卻有種夏德在索取獎勵的錯覺，而他只不過是準備被拆吃入腹的可憐Ω，事實上賴田樂確實熱茫了，身體似乎還在期待著α的愛撫，床鋪也都是夏德的氣味，對賴田樂來說就好像是被男人四面八方籠罩，為什麼還不來？賴田樂迷迷糊糊地想，轉過頭就看到夏德一直站在床邊看他。

「你在找我。」

「嗯……你去哪了？」賴田樂抓著被單，試探性地問：「又吃避孕藥？」

「你的身體還無法承受，以防萬一，我不能……太失控。」

「可是我覺得身體很熱了……」賴田樂情不自禁地夾著雙腿磨蹭，迷茫地問：「這不算是發情嗎？我沒有用信息素勾引你嗎？」

「你或許還要再努力一點。」

「我要怎麼做？」

「你會知道的，那是Ω的本能。」夏德的膝蓋抵在床邊，慢慢地欺近賴田樂，信息素卻比剛才少了許多，這讓賴田樂很不滿，只聽到他繼續說：「現在我要做的就是勾起你的本能，而你要做的，是讓我更著迷於你，適度地、緩慢地……才不會造成你的負擔。」

「……好，你說的喔。」賴田樂似乎只聽了前半段的話，他解開自己的頸圈，然後掀起衣服，比劃著自己的身體，從胸、腹、腰到性器官，說：「那你要不要……再摸摸？就算我說不要，你也可以繼續，我喜歡你碰我，感覺很好……唔！」

男人的掌心馬上按住了他的胸，甚至是有些用力地揉捏，粉軟的乳尖在指間摩擦著，賴田樂縮了一下，臉上卻展開笑容迎接貼過來的男人：「你馬上過來了，真好勾引耶。」

夏德控制著手的力道，淡淡地道：「因為是你。」

「夏德，跟你說個秘密……」賴田樂伸手摟抱著夏德下來，在他耳邊低聲說：「我有個壞習慣，以前自慰的時候，都要摸自己的胸才射得出來……啊、信息素變好濃，原來剛剛不是極限嗎？嗯、不要捏得那麼用力……」

「我是要你慢慢地讓我更著迷於你，不是讓我現在就想……」夏德忍了又忍，終究還是掀起眼皮直視著賴田樂，深色的眼眸露骨地展露著瘋狂的欲求，男人咬牙切齒地接下去道：「幹死你。」

賴田樂起了雞皮疙瘩，彷彿是Ω的本能在叫囂，陌生的感覺莫名讓賴田樂更加興奮，他抬起膝蓋，頂在男人的胯下磨蹭，能感覺到夏德身體僵硬的瞬間，他噙著笑說：「好大，α都這樣嗎？」

夏德起身挪開賴田樂的膝蓋，自然而然地將他的雙腿分開再以自己的身體卡入，解皮帶的動作刻意放慢，像是在進行一場色情的表演，而賴田樂專心地看著，當硬挺的昂揚出現在視野中，賴田樂下意識地遮住臉，雙眼在指縫間窺視，男人倒是坦蕩蕩地握住陰莖，笑著回：「其他α我不知道，但足夠滿足你了。」

巨大、猙獰、野性、壯碩……賴田樂腦中的詞語又是零散地浮現，他甚至還能感覺到後面忍不住緊縮的剎那，似乎有一點癢、有一點寂寞……不不不，賴田樂慫了，抵抗著想要勾引極優性α的自己，緊張地道：「抱歉，我不是要掃興，但我不認為那個能、能插進來……我想、不，我不想……！」

「怎麼不能？」夏德扣著賴田樂腰臀拉下來，男人的陰莖壓著賴田樂的下腹蹭，兩人的性器貼在一起，大小差別一目了然，「你看，會進到這裡。」

賴田樂看了眼大概會到哪裡。

……太深了。

會死掉。

喔救命他的幹死你並不是說假的。

賴田樂慌了，屏住呼吸拒絕α的信息素，可是整間房子裡都是，怎麼可能躲避得了，他其實、其實是覺得可以的，看夏德因為他而失去理智的感覺也特別好，信息素讓他既滿足又空虛，賴田樂漸漸有自己是Ω的實感，他在渴望著、渴望眼前的α粗暴地對待他。

「你總是喜歡先浪再求饒是嗎？」夏德抓回想默默往後挪的賴田樂問。

「我、我這個人是習慣先做了再說……」性器之間的摩擦讓賴田樂忍不住縮瑟，哼哼地抗議：「嗯、因為你把信息素收回去了……所以才這樣。」

「因為吃了避孕藥。」

「不過現在信息素太多了也好混亂。」

「因為你勾引我。」

「怎麼都怪我……！」賴田樂的視線往下，理直氣壯地怪罪說：「怪你雞雞太大！」

夏德微微挑眉，壓下想要撐起來的賴田樂，開始緩慢地挺胯，眼看腹肌湧動的力度以及腰挺動的弧度都令人血脈噴張，賴田樂所有的不滿也全都吞回去，男人的陰莖存在感強烈，每一次的摩擦都帶給他劇烈的快感，夏德撐在他的上面，啞聲宣告：「但你喜歡。」

「我確實喜歡！」賴田樂完敗，雙手摟抱住男人的脖頸，埋進裡面嘟囔：「好煩你好性感……你再貼過來一點，想要你的信息素……好好聞，好喜歡。」

夏德一頓，拳頭捏緊，使力的臂膀微微鼓起，幾乎能將賴田樂完全籠罩在自己的身下，他面無表情地待著，實則雙眼已經透露出痴狂的情感——說著喜歡，還埋頭蹭蹭，雙腿也勾住他的腰，好好保護起來而順毛的小貓太會撒嬌了，那確實是他的本能，天賦異稟的本能，草莓的甜味和牛奶的香氣大膽地吞噬著他，反倒是極優性α顯得無措，只親了親他的小貓，然後輕聲嘆息。

賴田樂困惑地眨了眨眼，雙手仍抱著夏德沒有放開，充滿情慾的氛圍突然在此刻緩下來，彼此的信息素試探、纏綿，夏德親吻著賴田樂的肩膀，握住兩人的陰莖上下摩擦，賴田樂靠著夏德發出舒服的低喘，粗糙的掌心磨蹭著前端，加速套弄，光是這樣還不夠，夏德抬起賴田樂的雙腿繼續晃腰挺胯。

疊在上面的陰莖又硬又粗，賴田樂看他進出的姿態下意識地嚥下唾液，學著夏德以雙手包裹住兩人的性器，夏德因而輕蹙眉，低聲道：「握緊。」

語落的瞬間他動得更快了，賴田樂隨著自己舒服的地方套弄，也不忘照顧夏德的，那低啞的呼吸聲也讓賴田樂心動，快感不斷累積，下腹一陣緊縮，賴田樂無可自拔地射精，接著夏德挺動磨蹭的速度加快，也同在賴田樂的手裡噴發白濁，夏德立即貼上去，趁賴田樂還暈呼呼迷茫的時候張嘴咬入他的後頸，賴田樂頓時感到眼冒金星，他無助地呻吟著，身體微微抽搐，直到夏德鬆開來，親吻著他安撫。

「暫時標記。」

「唔、嗯……」賴田樂嗚咽著點頭，滿臉通紅地忍著身體的變化，他正在接納著α的信息素，感覺陌生又奇妙，男人擁抱著他持續安慰，眼皮也逐漸變得越來越重，他縮進夏德的懷裡，道：「下一次……嗯、不要暫時的……」

聲音變得越來越小，賴田樂闔上雙眼，身體的疲憊讓他不知不覺地睡著了，夏德輕撫他的臉蛋，摩娑他哭紅的眼睛，最後目光停留在後頸的牙痕，Ω的氣息漸漸消散，還不是時候，他想，忍著α的本能催促，就這樣靜靜待著，始終沒有移開視線，一直一直盯著賴田樂。

「嗯，等你。」

「對不起，我來得太晚、太晚了，我想……願我們的田樂在未來的日子裡，不會再哭泣也不會再受到任何委屈，並且永遠幸福快樂……」夏德輕聲許願，牽著賴田樂的手親吻，誠心祈禱：「祝你有個好夢，田樂。」

「夢裡有我就好了。」

他低聲說道。

◆

賴田樂已經在這吃香喝辣整整兩個禮拜了。

中午十二點便是他剛吃完早午餐躺在沙發上看新聞的時間，他懶洋洋地打了個呵欠，從坐姿慢慢地癱成躺姿，剛剛好可以睡午覺，他撐著頭看著電視發愣，五分鐘後開始打盹，爾後又猛地驚醒，他擦了擦自己的口水，重新坐起來，開始審視這兩個禮拜的自己。

基本上早上他都會睡到自然醒，夏德有時候會和他一起吃早餐，有時候則是留了訊息告知他去了哪裡，他一個禮拜要進公司的天數不多，要工作、要談事通常是開著筆電講電話，那些專業的術語對賴田樂來說是很好的催眠曲，有一次賴田樂枕著夏德的大腿聽著聽著便睡著了。

如果夏德會待在家裡陪他，吃完早餐後兩人就會坐在一起看電影打發時間，或者去外面約會逛街、購買日常用品。說到日常用品，賴田樂來這裡的第三天才知道自己放在租屋處的東西全部搬過來了，甚至還收到了房間解約並付完違約金的訊息，不愧是董事長的效率，賴田樂想，總之夏德已經將他的退路全數封鎖。

不過他也沒有打算往回走就是了。

如果夏德不在家，那麼一整天的行程便是起床、吃午餐、午睡發呆、看書、玩遊戲、偶爾約丁恬渝出門閒逛，或者煮晚餐等夏德回來，後來賴田樂有找一天好好地和丁恬渝談談，他們仔細聊了彼此不在對方人生中的那段日子，過得如何、做了什麼，賴田樂關於爸爸以及自己可能是Ω的事情都說給丁恬渝聽了，丁恬渝先是愣怔，後來淡淡地說道：「我從來沒有恨過爸爸，但也從來沒有想過……去尋找他。」

「如果他死了，那就算了。」賴田樂盯著眼前的咖啡杯，語重心長地道：「如果還活著，就叫夏德抓住他，我要往死裡揍，還有要問清楚全部的事情……全部。」

「哥哥……」丁恬渝有些遲疑，好一會才問出口：「真的是Ω嗎？雖然有點失禮但是……！味道！我聞不出來！只有夏德先生的味道……」

「啊那應該是因為這個，夏德有給我一個可以抑制味道的東西。」賴田樂指向自己脖子上的黑色頸圈，並說：「我去檢測過了，非常詳細的檢查……報告顯示我確實是Ω，哇，我也是，哇……但是目前是劣性Ω，而且我的身體確實有檢測出使用過違法抑制劑，說是只要有吃藥並且定期回診，以及……以及α幫忙引導，身體就能調理好，我最近也能感覺到比較虛弱，常常發熱，這應該就是在轉變的跡象吧？妳知道這是什麼意思嗎，恬渝？」

「什、什麼意思？」

「一個極優性α和一個劣性Ω，照道理來說，接下來會不會有人跳出來把錢甩在我臉上說：『我給你一千萬，離開我兒子』這樣？」

「哥哥……！」

「哈哈，開玩笑開玩笑，畢竟這發展真的很像啊？」賴田樂笑說，「夏德真的很像小說裡面走出來的霸道總裁。」

「才、才不像！那應該會讓人更、更……心動害羞……」

「喔我面對他確實會小鹿亂撞。」

「我才不想知道！」丁恬渝紅著臉怒道，她看著賴田樂的笑臉，鼓起嘴又問：「哥哥，真的還好嗎？」

「妳是指什麼？」

「……全部。」

賴田樂露出了然的表情點點頭，喝完杯子裡最後一口咖啡，勾起嘴角說：「一開始很有事，覺得很憤怒很委屈，但還是只能接受，事實就擺在眼前，我總不能逃避，還有我也不想辜負夏德……嗯，起碼我現在能夠和我最最最可愛的妹妹這樣坐在咖啡廳，悠閒地喝著咖啡……自由的生活，很棒不是嗎？恬渝，那些人有來找過妳嗎？」

「有打過電話，但我沒有接……倒是有和司機先生聯絡，他叫我永遠不要回去了，嘿嘿……」丁恬渝捏著指尖，爾後挺起胸背，坦蕩蕩地說：「是，我能、我能一個人出門，去哪裡都沒有問題，沒有人會管控我、沒有人會限制我……我要去哪裡都沒有問題，還可以買漂亮的衣服、喜歡的書，不是我要說，丁家的穿衣品味真的是糟糕透頂！」

賴田樂隨著她的聲音越來越宏亮，也跟著心滿意足地笑了：「嗯，做妳想做的事情吧，恬渝。」

丁恬渝微愣，傻傻地看著賴田樂的笑容，幾秒後才反應過來，問：「那、那哥呢！」

「每天吃飽睡，睡飽吃。」賴田樂笑吟吟地伸出大拇指，很沒志氣地道：「給董事長養，爽。」

丁恬渝無奈地失笑，她的哥哥看起來過得不錯就好了，只不過下一秒，賴田樂露出困擾的模樣說：「啊、不過我最近是有一個煩惱啦。」

「什麼？夏德先生對你做了什麼嗎！」

「他太寵我了。」

「欸？」

賴田樂正經地補充說：「這就是最大的問題。」

「……耶？」

事情大概就是這樣。

後來丁恬渝並沒有要幫他解決問題的打算，還不滿地說要走了，賴田樂疑惑地先挽留，丁恬渝卻只是說不知道，紅著臉道：「……人家才不想聽哥哥和夏德先生之間的情趣。」

賴田樂後知後覺才意識到自己這樣說很像是在秀恩愛，但他沒有那個意思，搞得他也害羞起來，還好這之後找丁恬渝一起吃飯並沒有因此有隔閡，可那個問題對賴田樂來說滿重要的。

夏德對他幾乎是有求必應。

他甚至要求他寫一張願望清單，不寫的話夏德就會依自己的方式寵他，例如在他面前真實上演『這件、這件和這件不要，其他全包』的經典場景，又或者租下整間餐廳，喜歡的話就把餐廳買下來送他，這種土豪式的送禮讓賴田樂的小心臟負荷不起，老實說，挺爽的，但他後來想一想，那些並不是他需要的，夏德也不必要那麼做，所以他認真地寫下自己的心願，不用急著實現，慢慢來就好的那種。

每一天也都會有親密時間，夏德要求的抱抱還有α的引導，每當那個時候必定擦槍走火，畢竟是聞著彼此信息素的舉動，賴田樂也漸漸地能感覺到自己的信息素，這時才有他真的是Ω的實感，不過夏德總能忍住，到了一定的時間就會收手，有必要這麼嚴謹嗎？賴田樂曾經那麼問，反正兩人情投意合，是不是Ω都沒關係吧？夏德也要定期地發洩也比較好不是嗎？

有關係。

夏德很認真地答覆，他說自己什麼情況都想過，如果賴田樂是健康的β，那麼就不用顧慮那麼多，每天進行標記留下味道就可以了，那如果是健康的Ω，二話不說，在兩人同意之下立即做永久標記，但賴田樂現在即是處於不穩定的Ω，連同信息素也是不穩定的狀態，所以在賴田樂養好身體穩定下來之前，他都不會踰矩。

這很重要，他說。

既然是為了他的身體健康著想，賴田樂對此無法再爭辯什麼，當初醫生也有語重心長地跟他說在檢測數據穩定下來之前，最好不要和α進行激烈的運動，特別夏德還是極優性α，誰也不知道不穩定的Ω和極優性α會發生什麼事情，最壞的情況就是發情期停不下來。

發情期。

停不下來。

想想就覺得可怕，後來賴田樂學乖了，再也不敢調皮過度勾引夏德，現在的生活重點便是在家乖乖養好身體，而他確實都有做到，於是審視完自己的賴田樂重新躺下，半夢半醒之間聽到手機鈴聲，賴田樂揉著眼睛接通，另外一頭傳來的是夏德的聲音：「田樂。」

「嗯？夏德？怎麼了這個時間……？」

「打開電視看新聞，或是看手機，應該都有報出來了。」

「什麼東西？」

賴田樂拿起遙控器轉為新聞頻道，原本還沒有清醒，一看到熟悉的場景與播報字句頓時睡意全無，他猛地爬起來，看著螢幕發愣——丁家的人都被逮捕了，涉嫌多重罪名，違法賄賂、監禁買賣Ω、主導著違法加強劑、抑制劑買賣的交易，其中最讓人驚悚的畫面即是小房間裡面關著幾名瘦弱的Ω，身上或多或少都有傷，證據已經透過鏡頭向大眾展示，有參與的人誰也逃不了，可笑的是，當時有一位老人家正在哭訴，卻被那些Ω狠狠打臉，接著老人家的真面目就跑出來了，以無恥的嘴臉大聲叫囂，最後被警員們控制住帶上車，賴田樂因而笑出來，那位奶奶便是辱罵他和母親的人。

「如何？抱歉，花了一點時間處理其他想幫忙掩蓋消息的人。」

「不，幹得好。」賴田樂深吸口氣，大力稱讚：「等你回家給親親。」

「我馬上回家。」

「欸？不用急啦……咦？真掛了？」賴田樂拿下手機看著通話結束的畫面，再看了眼電視上持續播放的新聞，哈了一聲，嘟噥著活該，折磨他們這麼久的人，竟然這麼簡單就處理好了，他一時間沒什麼實感，不斷滑著手機確認消息以及大眾對此的評論，這時候手機再次響起，賴田樂一看馬上接聽：「恬渝！妳看到——」

「哇啊啊啊、嗚……嗚、哥！我在外面！可是、嗚……看到了！」丁恬渝忍著哭腔，發洩似地怒吼：「奶奶還真是一點也沒有變！這樣我就安心了！哥哥！從今以後，我們一定要幸福快樂——！」

「哈哈……」賴田樂聽著聽著忍不住掩面，然後大聲回答：「當然！」

接下來他們大致聊了會才結束通話，賴田樂癱在沙發上，發呆了好一會，突然有種想要快點見到夏德的衝動，他大概又會淡淡地解釋說因為他是有錢的極優性α，所以處理丁家很容易，賴田樂覺得有點好笑，同時又很感激，他上半輩子究竟是做了什麼好事，上天才讓他遇到夏德呢？

叮咚。

這時門鈴忽然響起，賴田樂立刻從沙發上跳起來，是夏德嗎？但轉念一想，雀躍的心情馬上冷卻下來，夏德又不用按門鈴，那是誰？而且有誰可以上來到這裡？賴田樂打開大門的監控通話，發現是一張略顯陌生的臉孔，好像在哪裡看過，又好像有點陌生，賴田樂透過監控詢問：「請問您是……？」

那人微微一笑，顯現出眼角的皺紋，即使如此，濃眉大眼、突出的五官也能看出此人年輕時一定是位英俊的人，他身穿筆挺的西裝，將自己打理得乾淨紳士，他拿下帽子頷首說道：「我是夏德的爸爸，趙彥，抱歉突然來訪，方便讓我進去嗎？」

賴田樂倒抽一口氣。

他想起來了，國內首富——趙彥！

是、是公公！

賴田樂驚得迅速請進來，動作俐落地帶位、泡茶並且自我介紹，對方從頭到尾就像個有禮且和藹可親的老父親聽他說話，偶爾問候幾句，看來是已經知道他的存在，但賴田樂不知道他知曉到哪個部分，所以一直小心翼翼地說話，他將見夏德父母這件事情擺在遙遠的以後，根本還沒有想過傳說中的公婆問題。

要是不滿意他怎麼辦？

要是真的丟錢要他離開夏德呢？

要是他們本來有安排未婚妻給夏德，例如也是極優性Ω之類的……？

以上這些想想就覺得有趣。

霸道董事長愛上我，狗血系列小說真實上演！

那些故事裡的女主角，遇到這種事情後總會再遇到一些悲痛的誤會而選擇離開男主角遠走高飛，幾年後回來變成厲害的女強人，而男主角有很大的可能會失憶，然而依舊被女主角吸引，又或者直接上演追妻火葬場解開當年的誤會，大致上的套路都是這樣，不過賴田樂有信心，除非是夏德親自趕走他，不然不管發生什麼事情他都扛得住，他可是在底層生活闖蕩過的人，沒什麼能嚇得了他——

「田樂，雖然初次見面說這種話可能有點唐突，但……給你一千萬你願意離開我兒子嗎？」

「耶？」這種問法太溫和了，賴田樂下意識地發出困惑聲，接著搖了搖頭說：「抱歉，不願意。」

「那……如果我說，夏德本來有未婚妻，你怎麼看？」

「夏德喜歡那位未婚妻嗎？」

「不喜歡。」

「那我就不在意。」

「嗯……」趙彥摸了摸自己的鬍子，從口袋裡拿了張紙，打開看了幾眼，收回去後又說：「好，差不多就這樣了，人身攻擊的就不必要，唉你們年輕人之間的情趣老人家不懂……」

賴田樂聽得一頭霧水，首先趙彥的語氣溫和有禮，讓人完全聯想不到那些刁鑽的有錢人家父母，而且問法也有點微妙，這使賴田樂的好奇心蠢蠢欲動：「那個，我可以請問一下，您那張紙寫了什麼嗎？」

「啊、不用在意，就只是無關緊要的筆記。」趙彥拍了拍胸前的口袋，並沒有正面回答賴田樂，反而轉移話題說：「話又說回來，你在這住得還習慣嗎？夏德對你還好嗎？」

「習慣！夏德他對我很好！」

「那就好，夏德那傢伙從小就冷冰冰的。」趙彥嘆息，「雖然是個優秀懂事的孩子，但很少和我要過什麼，除了當初跟我拿一點創建亞勃克的資金以及這一次。」

「這一次……？」

趙彥直視著賴田樂，輕聲道：「辛苦你了，因為攸關我孩子的人生大事，所以你的事情大概也都知道，而且有我當靠山，那群人的威脅根本不算什麼，呵呵。」

賴田樂愣住，推測問道：「意思是……揭發丁家的事您也有參與嗎？」

「我本來就覺得那群人應該要被制裁，只是時間問題。」趙彥向賴田樂露出和藹的笑容，像個老長輩溫柔地說：「孩子啊，從今以後和夏德一起享樂吧，這裡還有很多很多地方等著你們一起去喔，和喜歡的人一起，快樂會加倍，你看，這是我和老婆一起出去玩的照片。」

趙彥拿出手機滑出相片，賴田樂立即起來坐過去看，照片中一男一女互相依偎笑得燦爛，賴田樂不禁也笑說：「看起來很開心呢！」

「是吧，我等等就要去接我老婆，這次想帶她去比較遠的海邊度假。」趙彥笑吟吟地收起手機，拍拍旁邊的賴田樂繼續說：「我就抽空來看看你，等哪天，我會帶老婆一起來。」

「好、好的。」

「那個時候，差不多就該結婚了吧？」

「這個問題……！」賴田樂認真答覆：「我會再和夏德談談。」

「沒關係，你們的意願最重要，時間也差不多了，我該……啊對了，零用錢。」嘴上說著零用錢，趙彥卻是從皮包裡拿出一張卡塞進賴田樂的手裡：「來，收著，別擔心，沒額度，隨你刷。」

「不不不！問題不是這個！」賴田樂像是收到什麼不得了的東西，以雙手捧著那張卡，不知所措地挽留準備離去的趙彥，「這個太貴重了我不能——」

趙彥並沒有理會賴田樂，自顧自地起身說：「老人家的心意，收著吧，嗯好我要走了，茶很好喝，謝謝你，就不用送我了。」

「等……！」

趙彥回過頭，滿臉笑容地道：「不用送我了。」

傳說中的國內首富來匆匆去也匆匆。

賴田樂目瞪口呆地望向大門，人已經走了，手中的卡像是會發燙，賴田樂怎麼拿都不對，於是決定先將卡片鎖起來，以防自己哪天失心瘋真的拿著這張卡大買特買，他也不是說什麼清純、樸實又對錢無感的那種人，沒有，當然錢越多越好，他當初還不是為了錢才跟著夏德回家。

想要的東西確實很多，但理智的人會做取捨，賴田樂認為自己臉皮的厚度還不至於到可以隨意在這個家放肆，總之他先來到夏德平常辦公的房間，有時候他也會待在這裡陪夏德工作，不過他都在看書或是睡覺就是了。

桌子的上層抽屜有鎖，夏德連鑰匙藏在哪裡都告訴他，不如說這個家有上鎖、有密碼的地方夏德全都沒有隱藏，起初賴田樂也是很慌，這樣好嗎？這樣真的好嗎？後來就當作不知道，現在這個抽屜的鎖他要讓夏德親自保管，別讓他知道放在哪，然而打開抽屜的時候，賴田樂發現一些筆記本上面攤著兩張紙，那是他之前寫的願望清單，本來有一張他撕掉丟了，當初只是無聊寫的，畢竟內容過於愚蠢，現在卻被膠帶黏好，好端端地擺放在那——

體驗有錢人（霸總小說）的生活

1.進到一家店說『這個、這個和這個不要，其他全包』這樣的爽快購買

2.被威脅說『給你一千萬離開我兒子』，就是一些霸總小說裡面有錢人家父母的威脅

3.再去上流階層的聚會，被欺負說不適合夏德，然後夏德英雄救美打臉眾人哈哈

4.在被包下的餐廳吃晚餐

5.坐直昇機看夜景，然後度過火辣辣的夜晚

6.被帶去改造成大帥哥，麻雀變鳳凰的感覺

7.呼吸就能賺到錢

8.男人！你這是在玩火！想要這樣對夏德說說看，呵

……

以下賴田樂看不下去了。

有幾條已經被劃掉打勾，賴田樂不管怎麼想，都覺得夏德正在幫他實現上面這些荒唐可笑的願望，這下他明白趙彥突然來訪的原因了，天曉得趙彥的筆記上都寫了什麼，

難道親自參考了霸道總裁小說嗎？夏德是讓自己的父親做了什麼——！笨蛋！難怪說搞不懂年輕人的情趣！笨蛋笨蛋笨蛋！

連這種願望也要幫他實現？

真的是超級大笨蛋。

賴田樂捏著紙張想，他彷彿是被夏德捧在掌心裡呵護，以為夏德已經對他夠好了，沒想到那還不是盡頭，他是真的很感謝夏德，那麼那就是愛嗎？他一見鍾情的喜歡、心生嚮往的期待以及夏德說的命中註定真的能夠保證他們長長久久嗎？賴田樂起初還不敢細想，他面對夏德確實會心動、會害羞，也想要做些什麼回報他，他能確定自己喜歡上了夏德，卻無法確定他的心情是否和夏德一樣。

沒關係。

現在確認不就好了？就現在吧，追上擋在前方守護著他的夏德。

他總是有一種感覺、現實模糊不清，夢裡卻清晰可見，夏德為什麼會那麼了解他？

賴田樂知道夏德調查過他，可是有時候他們之間的互動就像是長年累積下來的習慣與默契，例如熱茶他自動就泡出了夏德喜歡的溫度與味道，又或者他不用問就知道夏德習慣將筆擺放在哪、衣服從哪邊先穿、偏好的口味、他皺眉的各個意思、需要放鬆安慰的時機以及喜歡的親吻模式，這些全部都在他的腦中自動浮現出答案……而當賴田樂陪著夏德工作時，會有一種既視感。

陽光從男人背後的窗戶灑落下來，賴田樂坐在沙發上看書，無意間抬起頭，夏德某一瞬間與夢中的人重合，背景也變成華麗的宮殿，然而當他回過神來便忘記了方才的場景，賴田樂眨了眨眼，打了個呵欠後繼續沉浸在書中的世界。

他知道的。

即使遺忘，卻還是有意識到那微妙的空白。

賴田樂在這時突然想到自己好像很久很久沒有夢到神秘的男人了，自從和夏德在一起後，那又是什麼意思？到底是誰一直和夏德的身影重疊了？賴田樂不清楚，但他並不打算太在意那件事情，現在對他來說，眼前的夏德才是最重要的。

那個盡心盡力對他好的夏德，賴田樂也想要向他獻出一切。

想要跟他道謝、想笑他怎麼那麼笨還幫他實現這種搞笑的願望、想問他怎麼拜託趙彥來演這齣戲、想再次跟他告白闡述自己的心意、還想和他擁吻在一起也想要被他完整地標記。

好想要。

想他了。

賴田樂緩慢地跌坐在地，他笑出聲，看著自己的霸總願望清單傻笑，還是不敢相信有人會幫他實現這種願望，好笨，好喜歡，賴田樂想，或許他跟夏德要一顆星星他還真的會買給他，這人怎麼會那麼那麼喜歡他呢？因此在他真正被標記之前，夏德不想放他出去。

想起他吃醋的樣子，賴田樂又失笑，如果連這點意圖都察覺不到的話，是很難生存到現在，他連和丁恬渝出門都會有保鑣跟著他，去哪裡都有人守著，賴田樂倒是無所謂，乖巧地先在家裡耍廢等候，等著夏德回家的時間也是滿愉快的，原來說出歡迎回來這句話也會讓人心動。

不只如此。

這裡的每一個房間都有監聽器。

夏德並非只是個溫柔深情的α，他是極優性α，在愛人面前需要忍耐、等待的極優性α，天曉得刻印在夏德身上的本能有多強烈，佔有慾、控制慾……但他為了賴田樂的身體著想，還是忍下來了。

「哈哈、竟然……這樣還不討厭，甚至覺得好刺激喔，我是不是也差不多？」賴田樂覺得身體越來越燙了，他的笑音在房間裡迴盪，試了幾次確定自己爬不起來後賴田樂便放棄了，直說道：「夏德、我知道……你聽得到，回來了沒？不是說馬上回來嗎？我、好像……嗯、真的發情了……」

「想著你、發情了喔……這次是真的，我感覺不一樣、有點強烈……哈啊……」賴田樂蜷縮在地毯上喘息，摀著肚子說：「下腹、好燙……」

啪。

房間門被打開了。

賴田樂首先看到熟悉的大長腿，男人大步走來將他抱起來，他也熟練地掛在夏德的身上，迫切嗅聞著α的信息素，滾燙的身體終於有了慰藉，靠近夏德的每一次呼吸都令人沉醉，讓他暫時忘了發情的痛苦與炙熱，賴田樂緊緊地抱著夏德，撒嬌地控訴：「怎麼、那麼久？」

「抱歉來晚了，路上遇到了一點事……我父親來過，是嗎？」

「嗯……」

夏德邊問邊抱著賴田樂離開這個房間，不知不覺中空間裡都瀰漫著賴田樂發情的香氣，他剛回到家在玄關處就聞到了，等待已久的濃郁甜味讓他下意識地停下腳步，冷靜、冷靜……要先把賴田樂帶到床上，第一次不能太激動……夏德警告著自己，然而在聞到濃厚香氣的瞬間，褲檔早就高高撐起，強烈的α信息素也忍不住散發出來迎合他。

夏德在假裝冷靜。

其實高興得都快要笑出來了。

他根本沒有打算要隱瞞自己是怎麼樣的人，也知道賴田樂發覺了監聽器，可是賴田樂對此什麼都沒有說，就像是默許他的過度保護與控制，每天待在家等他，去哪裡也都會跟他報備，他的生活圈全都被他掌控著，賴田樂彷彿……樂在其中。

錯覺吧。

這種生活對他來說算是新鮮，等時間一久就會膩了，那也是沒辦法的。夏德克制著、如果賴田樂不想要甚至討厭這樣的管控，或許他會收斂一點。

賴田樂的交友圈不大，真心的朋友也只有幾個，不過也只是偶爾才會相約吃飯聊近況的關係，吳雪雯就是其中一個，她總會以吃飯的名義約賴田樂見面，雖然因為賴田樂忙碌的關係只有幾次，但賴田樂對女生的態度又特別紳士有禮，所以只要有空就不會拒絕對方，可自從賴田樂與他住在一起後就沒有看過他和丁恬渝以外的人聯絡，聊天紀錄也是只有他和丁恬渝，為什麼？吳雪雯發現他不在酒吧工作後，完全沒有聯絡他嗎？

「因為你不喜歡啊。」

「所以之前就和雪雯姐說過了，雪雯姐說既然是我的決定就表示能夠理解，不過她有說我們要結婚的話一定要找她，哈哈。」

「如何，我是個貼心的男朋友吧？」

他之前是如此回答。

賴田樂都知道，看他那驕傲的小表情，完全沒有危機意識……不，是意識到了，然後接受。

好乖，夏德心想，而現在終於能夠標記這麼、這麼乖的田樂……他怎麼有辦法冷靜？他忍好久好久了，在幫助賴田樂的同時，也是夏德在追求自己的幸福，以前的他渴望著平靜，從來沒有想過還能過上幸福快樂的日子，但賴田樂帶著平靜來到他的身邊，最終重拾得來不易的幸福，因此這次他主動追求，是的，夏德如同賴田樂曾經跟他說過的——肯定自己，然後盡情地撒嬌。

所以他才如此坦蕩。

夏德親吻著賴田樂，一邊關上臥室的房門，他將賴田樂放在床上，替他褪去衣物以及頸圈，手法算不上溫柔，但這種情況下管不了那麼多，賴田樂也勃起了，挺立的性器微微發顫，頂端已經有點黏膩，他癱軟在床上，吸取著夏德脫給他的上衣，他的口鼻悶在裡面，光是聞著男人的味道下面就濕了，夏德伸手擼動著賴田樂的陰莖，另外一隻手愛撫著軟囊，緩緩往下探去，按壓著會陰、磨蹭著穴口，他看著目光迷離、面色潮紅的賴田樂，舔著唇低聲道：「太慢喊我了……」

他反過來怪罪他。

像是在說既然都知道，怎麼不早點喊他？

賴田樂喘著氣，悶在夏德的衣服裡笑，他緩緩拉下衣服，軟軟地在笑，黑色的眼眸亮著水光，沾上汗水的瀏海黏在額上，他散發著草莓牛奶的甜味，發情讓他全身無力，卻也讓他看起來既脆弱又性感，「嗯、我以為那是一種……情趣？哈啊……本來想、或許，忍不住想自慰的時候，光明正大地喊給你聽……唔、是說可以了吧？可以標記我了嗎？有點難受、夏德……夏德、我好熱……」

說話聲摻雜著呻吟聲斷斷續續的，賴田樂黏著夏德，不斷地想把人拉下來親吻，男人觸碰他的感覺很好，只是不知道是在緩解他的熱度還是重新點燃，而威士忌的香氣是助燃，平常當夏德在引導他的時候也是會發熱，但賴田樂能感覺到兩者的不同，身體深處的渴讓他感到難耐，唯有α的信息素可以幫他緩解，可是越解越熱，他只能祈求夏德快點做些什麼，粗暴的、猛烈的……Ω的他強烈渴望著，而他本身也渴望著夏德。

「我以為還要再久一點。」夏德的聲音嘶啞，有力的手輕壓著賴田樂的下腹，一點一點地增加力道，「不過，這樣也可以了，只是可能會有一點痛。」

「痛……？」

「嗯，插入生殖腔的時候。」夏德以指頭摩娑著，一口氣插入兩指後在賴田樂的耳邊說：「別擔心，你開始流水了，田樂……」

他這麼說的同時手指在裡面抽插，發出淫蕩的水聲，賴田樂從一開始的怔愣到後面的吟叫也只不過是幾秒中發生的事情，他很困惑，又沉浸在指交的快感，密集而強烈的按壓抽插讓他迅速投降：「夏德、夏德……咕呃、不要……奇怪、啊！好舒服、好奇怪……那裡！不要一起……！」

夏德一邊用手指抽插一邊幫賴田樂手淫，期間增加到第三指，賴田樂幾近失控地拱起背，手指胡亂地緊抓床單，他哭著，淚水滑落下來成了水漬，下面也沾溼了床單，他就像是從水裡撈出來一樣，狼狽又凌亂地被手指操到高潮射精，Ω的信息素逐漸堆疊，變得更加濃厚香醇，賴田樂癱落在床，以蜷縮側躺的姿勢喘息，當他抬起頭看時，猝不及防地被翻過去，他趴在床上，夏德輕而易舉地就攬住他的腰往後帶，強勢的力道與屁股上的硬物都讓賴田樂的心跳漏了半拍。

好、好猛。

單手就能控制住他。

α的信息素鋪天蓋地地將他籠罩，威士忌的香氣太強烈，賴田樂覺得光是聞著味道好像又能高潮，此時的夏德親吻著他的背、肩膀、後頸，賴田樂能感覺到粗大的硬物在他的臀上磨蹭，當呼吸落在腺體，賴田樂不由自主地抖了一下，他側著頭，與貼過來的男人親吻，爾後揚起嘴角道：「我好像有點晚說，但、我愛你喔……盡情地佔有我、標記我吧……老公。」

賴田樂身上的熱度混著夏德的熱氣，他全身上下紅通通的，白裡透紅，讓夏德留下來的痕跡更加顯眼，他接著笑說：「喔好興奮喔我是不是在玩火？」

他故意的。

故意甜膩膩地喊他老公。

Ω的信息素甜得不可思議，賴田樂那張帶有情慾的臉與那甜甜的笑容十分衝突也十足勾人，夏德不禁笑了，握著陰莖抵在濕穴上，先以碩大的前端緩緩地抵進去，賴田樂抖得厲害，被撐開的感覺比想像中還要無法適應，可那種說不上來的滿足感也填滿了Ω

的空虛，夏德的動作出乎意料地慢，反倒是第一次的賴田樂有點急了，真正的發情好像也沒有那麼迫切？裡面很快就被插滿了，又深又滿，似乎全部都進來了……？還沒有概念的賴田樂迷糊地想道。

「田樂。」

「唔、嗯？」

「再喊一次。」

「老、嗯……啊！唔、老公……啊！」

夏德緩緩地動起來了，起初抽插的力道不輕不重，但每一下都能蹭到賴田樂舒服的點，男人挺起背看著他們交合的地方，而賴田樂正抓著床單，呻吟聲是哼的，似乎是被慢調的節奏插得舒服，甚至自己晃著腰挺著屁股迎合他，發情的Ω坦蕩地自己來，而且非常享受，夏德溫柔地挺動，退到淺處慢慢磨，渾圓的小屁股就主動跟上來，夏德呼出一口氣，心想應該差不多了。

「田樂，舒服嗎？」

「嗯、嗯……」

「是不是有一點不夠？」

「唔嗯、有一點……？」

「我也覺得。」夏德扣住賴田樂的腰，再一點一點地繼續插入，然後淡淡地道：「我還沒有全部插進去。」

「什——呀啊！」

賴田樂驚叫，粗大的硬物條地插到更深處，硬胯撞了上來，什麼什麼什麼？賴田樂彷彿從夢中驚醒，他的手下意識地往前伸卻馬上被男人抓回來，賴田樂不知道該向誰求救，也搞不清楚是怎麼回事，一時間抽插變得大力粗暴，賴田樂陷入混亂，他知道夏德的性器很有分量，但沒想到會到這種地步……原來、原來剛剛是讓他適應的時間嗎？

他忽然想起夏德之前在他腹上模擬比劃的樣子，賴田樂咬著下唇，如果不做點什麼撐住的話，感覺意識馬上就會被操散，可發情的Ω還需要那種矜持嗎？雖然有點驚人，但被狠狠進入抽插的感覺確實地狠壓了越擴越大的空虛，真正的發情可怕又無法克制，賴田樂這下知道了，烈火才剛燃起。

「夏、夏德……哈嗯、你慢點……！」

「怎麼不喊老公了？」夏德徹底地釋放α的信息素，強迫Ω陷入更加瘋狂的情慾陷阱，高速猛烈的操法讓賴田樂哭得更加厲害，夏德則是不管不顧地擠壓他，以下半身的重量由上往下地肏，一邊啞聲道：「玩火了，就要負責。」

體內的陰莖似乎比剛才還要更硬、更大，賴田樂接收著自己被夏德摁在床上狠操的訊息，本來剛才都還有時間反應說話、撩人，現在只剩下嗚咽呻吟和享受。

難以抑制的愉悅衝擊著賴田樂，好想被咬、好想被咬……Ω的渴望也越演越烈，臀胯相撞混著水聲，Ω濕得一塌糊塗接納著α的兇猛，敏感點被粗魯地頂著，筆直壯碩的莖柱直戳，好像模模糊糊地戳到了什麼，賴田樂被肏得連氣也喘不勻，夏德沒有改變姿勢，一直以後入的方式壓著賴田樂，但光是如此就對賴田樂足夠刺激了，不論是大小、粗度、氣息還是力道都令他瘋狂，而夏德也不是可以慢慢來的狀態了。

夏德緊皺眉頭，俯身緊抱賴田樂，只動著下半身，Ω的小穴又濕又滑，卻緊吸著他，他終於忍不住重重地頂到生殖腔口，賴田樂的哭吟聲立即拔高，聲線脆弱，慫恿著α的劣性，接下來夏德以更重更猛的力道想操開生殖腔，腔口被戳得發疼，可每戳一下都有一股酥麻強烈的電流刺激賴田樂，疼與爽的感覺輪流交替，賴田樂只能不知所措地哭喊著他的愛人。

這場性事越發失控，α和Ω的氣息碰撞交合，累積到一個點突破後，賴田樂被頂到高潮了，隨即生殖腔跟著緊縮，夏德又猛插幾下直抵著腔口才射入精液，射到一半還抖動著胯持續深入，賴田樂張著嘴呼吸，被壓迫的感覺讓他瀕臨窒息，壓蹭在床上的性器再次吐出白濁，賴田樂的眼睛閃爍白光，失神高潮，不知道哪邊的液體噴得比較多，就在他混亂不已的同時，α的信息素來安撫他了。

夏德邊射精邊咬入了賴田樂的後頸，α將Ω的浮躁以及不安一一撫平，兩種不同的信息素此時此刻和諧地融在一起，夏德的心也跟著平靜下來，他的了，現在全身上下、從裡到外都是他信息素的賴田樂是他的了。

「夏、夏德……」賴田樂的身體抽搐著，他喘著氣低聲說：「你也是我的了……我有、有負責……」

是。

Ω的香氣也纏上了他。

後穴裡面還在痙攣，夏德嗅著賴田樂的味道停不下來，刻意在他的耳後悶哼粗喘，陰莖射完後沒過多久便重新展開新的一輪，他的胯壓著肉臀，全部到底貼合，陰囊也拍打在臀上，這種整個貼在一起緩慢地磨的感覺特別淫靡，爽感也是慢慢地延伸，賴田樂知道不可能一次結束，但太快了，他貼在床上，戳著夏德撐在自己臉側的手，有氣無力地哼道：「不、不是我在說……你太猛了……呃嗯、好深……」

「不喜歡？」

「喜歡。」賴田樂慵懶地哼笑著，還伸出大拇指說：「我老公是猛男。」

夏德失笑，看來賴田樂還不夠累，他握住他的手腕，將他的雙手摁制在床，半抽出陰莖的時候精液也帶出了一點，可惜了，夏德心想，猛地插入挺進，在賴田樂發出呻吟時放低嗓子學他說：「嗯，老公要幹射在生殖腔裡。」

「哈嗯、什……剛剛、不算……啊、嗎？」

「剛剛只是給你的生殖腔口潤滑。」夏德扳過賴田樂的臉親親他安撫，一臉正經地啞聲說道：「沒事，你會爽到噴濕老公的屌。」

……耶？

那充滿情慾的低沉聲音讓賴田樂不由自主地一抖，他不知道為什麼自動挺翹起屁股給男人操，夏德不管是笑音還是快要射精時的喘息都使他的小心臟發顫，就像現在，夏德又在自己的耳後笑了。

「田樂，你喜歡我說粗話。」

「啊、欸？……嗯、呃哈……？」

賴田樂滿臉困惑地感覺著身體的抽搐，有一點激烈，他沒有射精，卻在高潮，身體一抽一抽的，眼前乍現無數次的白光，背後的男人趁這時大開大闔地抽插，碩大的龜頭順著精液戳開青澀的腔口，每一次都更加深入，離開時腔口還會吸著男人的龜頭，彷彿正在挽留，夏德為此眼紅，粗暴地將賴田樂攬腰抱起往上頂。

真的被頂開了，甚至卡在裡面。

賴田樂無可自拔地仰起頭呻吟，卻只是張著嘴巴發不出任何聲音，臉上佈滿淚水和唾液，被肏開的腔口變得柔軟，他好像短暫失去了意識，生殖腔在高潮不斷的同時噴出熱液澆灌著夏德的陰莖，似乎連草莓牛奶的香氣也變得淫蕩，等他回過神來，夏德已經將他放下來，並且抽出陰莖，一股淫水混著精液隨即流出來。

「田樂，要呼吸。」

夏德將賴田樂翻至正面，眼見他已經不能思考了，聽到夏德的話後才微啟唇喘息，他困惑又迷茫地眨著眼，胸部的起伏大，身體仍然可憐地還有反應，他的視線往下，見到沾有淫液的粗壯陰莖依然向著他，賴田樂滿臉通紅地沙啞問道：「你、勃起……為什麼？」

「因為發情期並不是一兩天就能結束，最短也要三天。」夏德拉下賴田樂的腿，示意著賴田樂也重新勃起的性器，掀起眼簾直視著他問：「不要了？」

潮熱漸漸地再次襲向他，賴田樂熱得暈頭轉向，首先攬抱住了夏德，過了好一會才以氣音說：「那、那……再說一點？那些髒髒的糟糕話……好性感，嗯對我有喜歡……還有信息素、還要……」

夏德撐在賴田樂的上面，露出有些滲人的淡笑。

「好。」

他如此應答。

◆

後頸那處滿是吻痕、牙痕以及α的味道。

Ω已經被α完全標記了，甜甜的草莓奶香混入α的信息素，夏德親吻著腺體，側躺著摟抱賴田樂，抬高他的腿頂進去，撐開濕滑的穴口，一往上撞就能擠出剛才射進去的精液，混入交合的黏膩響聲，被脅開的生殖腔在夏德的擠壓頂進之下不斷地被戳弄，深插的同時磨著他的性器、揉著他的乳尖，不管來幾次賴田樂都無法習慣，怎麼、怎麼能一直戳進那種地方呢……！

過多的快感已經讓賴田樂開始感到害怕了，但他又離不開α的懷抱，使他瘋狂也使他安心的都是α的信息素，賴田樂只能在快感中載浮載沉……他流了一屁股的水，本能持續散發著甜味勾引α，就像夏德說的，Ω的發情期並不是一兩天就能結束，這是第幾次高潮了？賴田樂不知道，只是繼續放任自己成為發情期中坦然的放蕩Ω，同時也聽著夏德的放蕩發言。

「老公插得舒不舒服？」

賴田樂抓著摟抱著他的手臂，在男人毫無停歇的抽插下混亂地附和：「老公、嗯……插得好舒服……」

「喜歡老公怎麼做？淺磨……」夏德退開來在淺處抽一點再插一點，接著按住賴田樂的胯一口氣頂入，呼出一口氣感受著裡面的痙攣，問：「還是深插？」

深插和淺磨的感覺不一樣，賴田樂無助地呻吟，夏德這時候還攻擊著他的耳後根親吻並且掐揉著他的乳頭繼續刺激，賴田樂緊閉著雙眼與高潮抵抗，淚水都沾溼了他的眼睫毛，他努力組織語言，嗚咽著道：「淺處舒服、深一點……哈啊、很爽……」

「所以都要？」

賴田樂第一時間沒有回答，他抿著唇，表情迷茫，不知道是在思考還是發愣，好幾

秒後夏德才看到賴田樂以極小的幅度點頭，還回頭偷瞄他一眼，夏德有時候會想，賴田樂是不是吃可愛長大的？

「田樂，我想親你。」

「唔？嗯……」

賴田樂往後噘起了嘴，夏德覺得不夠而改變姿勢，他抽出陰莖讓賴田樂躺好，重新以正面欺近對方，後穴被他插得柔軟，輕而易舉就能插回去，男人將賴田樂壓在底下親吻，舌頭交纏在一起，下半身挺動的速度時而快時而慢，賴田樂舒服地哼哼著，好一會後抱著夏德在親吻的途中迷迷糊糊地說：「嗯、想……唔、喝水……」

夏德再啄一口，沉聲回應：「確實該吃點東西補體力……抱緊我。」

男人抱著賴田樂起身，維持著插入的狀況走下床，賴田樂這才意識到不對，他的雙手和雙腳都掛在夏德身上，穴裡的陰莖隨著夏德的動作蹭動，重量的關係吃得很深，幾乎是在腔口摩擦，賴田樂又怕掉下去所以下意識地夾緊，感覺便更加強烈了，因而慌張地呼喊：「夏、夏德……！」

「不用擔心，抱著你操好幾回都沒問題。」

「不是這個問題！」

賴田樂咬住夏德的脖子報復，後來又被插得無力，在夏德的耳邊求饒撒嬌，男人的陰莖在精液和淫液的潤滑之下，每一次的走動都能卡入腔口，夏德也因為強烈的刺激而抬抱著賴田樂，幾乎是邊走邊肏，令人頭皮發麻的暈眩快感讓賴田樂被抱放在流理台上時就已經是在高潮抽搐的階段了，噴得兩人腹部都是，夏德也同射在裡面，他們緩慢地對上彼此的目光，賴田樂喘著氣道：「這、這不能……嗯、來第二次……會、會死掉……」

夏德僅是挑眉沒有回應，他又親了親賴田樂，總之先抽出來讓賴田樂休息，經過一番整理後，夏德裹著毯子在沙發上餵食懷裡的賴田樂，賴田樂乖乖咀嚼著酸甜的草莓，夏德看著看著，舔走了他嘴邊的汁液，又嘴對嘴地餵他喝水，賴田樂吞嚥著，自然勾抱男人的脖子，兩人再次親在一起，賴田樂又覺得熱了，嗅著α的味道靠在夏德身上委屈地道：「發情期、為什麼……唔、都那麼久……」

「忍一會，先吃完草莓。」

「吃完了就休息好不好？」

「好。」

「可是身體又熱熱的了……」賴田樂邊吃邊糾結，可憐地縮在男人的懷裡，問：「怎麼辦？明明很累……可是、可是……」

夏德溫柔地撫著賴田樂的背，吻去他唇上的殘汁，看他無助又脆弱的小眼神就想哄哄他，於是順著他的話說：「可是還想要，是嗎？」

他的手指再次攻進穴口，揉了揉按了按，賴田樂沒忍住，蹭著夏德問：「嗯，那就再、再插進來肏肏我……？」

「聽你的。」夏德放倒賴田樂，抬起他的腿插回硬挺的性器，讚賞般地道：「我喜歡你的坦率，田樂。」

「每次我插進去，你的裡面就會熱烈地歡迎我將我吸緊。」夏德握住賴田樂的小腿，親吻著他的腿肚，「你的腿很白，腳踝很細，適合銬上腳鐐……性器也白白淨淨的，很可愛，尺寸也很剛好，就這肚皮薄薄的，我一頂就會鼓起。」

「我知道你喜歡聽我說這些，你收縮得很厲害。」夏德壓開賴田樂的雙腿挺進示意，平坦的下腹確實微微鼓起，他從下腹一路摸到胸，「乳頭嫩嫩軟軟的也很可愛，被捏掐的反應都很棒，耳垂紅紅的，帶著耳釘的樣子很性感，我有說過你很適合黑色嗎？平時戴的頸圈也很色……你的眼睛很漂亮，我喜歡那裡只有我的樣子。」

夏德俯身撥弄著賴田樂的瀏海，輕聲說：「瀏海被撩開露出額頭的模樣也很可愛……田樂，你為什麼那麼可愛？」

「為了、為了勾引你？」賴田樂心滿意足地感受著被填滿的感覺，他尋找著夏德的手，與之十指緊扣，紅著臉露出傻笑說：「嘿嘿，你那些話聽起來就像是在說……你好喜歡好喜歡我，我也是喔，你每個樣子都讓我好心動，現在我們已經屬於彼此了……聽起來超讓人心動是不是？」

「是。」夏德啞聲應答，情不自禁地柔聲告白：「我愛你……」

賴田樂笑著回覆道：「我也愛你……」

夏德再次親吻賴田樂，他們十指緊扣貼在一起笑，信息素完全融合的感覺舒暢美好，發情期的慾望彷彿永無止境，兩人在沙發、地毯、窗前、浴室……各個地方擁有彼此，累了就休息，潮熱來了就做，就這樣斷斷續續地做了三天發情期才算真的結束，而賴田樂也差不多了。

「我連一根手指頭也動不了……」賴田樂扭頭瞪向安然無事的夏德，說：「但你為什麼一點事也沒有？甚至看起來容光煥發！」

夏德坐在床邊替賴田樂的腰按摩，誠心地道：「感謝招待。」

賴田樂頓時啞口無言，實在是又氣又笑，很想咬一口夏德洩恨，但動不了的他只能大聲回應：「……不客氣啊！」

夏德勾起唇角，繼續幫賴田樂按摩，還沒有恢復體力的賴田樂很快就昏睡過去了，嘴裡還念念有詞，嘟噥著可惡大雞雞，夏德每次都會被他不滿的碎念逗笑，不過自知理虧，還是好好地服侍了賴田樂，擦澡、洗吹頭髮、身體臉部保養最後穿上衣服，夏德做著這些倒也開心滿足，等賴田樂下一次醒來，他已經準備好食物了。

賴田樂覺得自己好好地又睡一覺後已經好很多了，便拒絕夏德的餵食，他靠在柔軟的枕頭山上，攪拌著小桌子上的粥，漫不經心地問：「夏德，明天可以陪我去一個地方嗎？」

「好，不過要先看醫生確認你的身體狀況。」

「沒問題。」賴田樂點點頭，望向夏德，有些彆扭地繼續說：「我是想、帶你去看我的媽媽……還有、就是……那個人，有下落了嗎？我一直沒問是因為我可能還是有點鴕鳥心態，硬是躲藏耍廢了兩個禮拜，但現在又覺得可以了，我能面對！」

「嗯。」夏德伸手幫忙賴田樂的頭髮撩到耳後，直接道：「其實我很早就收到你父親的消息，他還活著。」

「……他在哪？」

「我家後山的別墅。」

「耶？」

「因為不知道你想怎麼做，所以就先抓起來了。」

「綁、綁架？」

「我並沒有做出任何傷害他的舉動，只是限制人身自由。」夏德說得理直氣壯，「另外也有聘請五星級飯店主廚供他三餐。」

賴田樂默默地說出感想：「聽起來挺不錯的。」

「要見他嗎？」

賴田樂沉默幾秒，撈著粥吹涼，吃了幾口後猛地抬起頭說：「要見，明天就去！先別讓恬渝知道。」

「好。」

「是說夏德，這個粥的味道有點熟悉，這是你從外面買來的嗎？」

本來想要打電話吩咐事項的夏德突然一愣，放下手機問：「什麼？」

「嗯……也沒什麼啦，就好像、吃過的感覺，不，我吃過……但想不起來在哪裡吃的了……有點懷念，還很溫暖……唔，等等，好像又沒有吃過……」

「那是我煮的。」夏德愣愣的，重複說道：「我煮的……」

那個隱藏在過去的夜晚、只有他一個人知曉的狀況——那時他去探望住院的賴田樂之前，繁忙之際先請人帶了熱粥給他，不是本人的現身干涉通常會延遲重生，也許那一次並不是因為賴田樂看見夏德，而是因為賴田樂吃了夏德煮的粥，然而現在，賴田樂說記得那股味道。

為什麼？是賴田樂的錯覺嗎？還是世界管理局出了差錯？夏德望著陷入困惑的賴田樂，直覺性地看向窗外，那裡空無一物，夏德卻認為自己看到了丹蘿，她的現身只代表一件事情——她在抹去那不應該存在的記憶，因為與現在的夏德無關，重生機制並沒有打開。

那並不是屬於任何人的差錯，而是屬於他們的奇蹟。

「原來是你煮的，很好吃耶……咦？」賴田樂瞪大雙眼看著夏德突然落下來的淚水，不顧身上的疼痛跳起來撲向男人，著急地問：「哇哇哇你怎麼哭了！怎麼了！」

夏德抓住賴田樂的手，閉上眼親吻著他的掌心搖了搖頭。

他做到了。

混蛋世界管理局。

他存在於賴田樂二十二歲以前的記憶，甚至是不該存在的記憶，是，就算現在消除了，也曾經存在過。

那是否有成為賴田樂的慰藉呢？夏德不清楚那碗粥送到賴田樂手上時是冷是熱，他又是抱持著什麼樣的心情將那來路不明的粥吃下肚？他有幫到他嗎？他有感覺到暖和嗎？在那個空無一人的病房裡……成為了值得雋刻在心底的回憶了嗎？他所做的一切，即使是小事……也有成為賴田樂的支柱嗎？所以此時此刻才下意識地想起來，就像以前賴田樂成為了他的支柱、救贖、希望，他也想要成為那樣的存在。

這一切夏德都只能猜測，事實如何他並不知道，只是有些東西，即使是操控著命運的荒唐之物也無法破壞，那些最美好、最溫柔卻也無法碰觸的記憶全都轉變成了刻印在靈魂上的悸動、習慣以及羈絆，誰也無法抹滅，它自然地、永久地……待在那兒。

它存在的，存在於過去、現在、未來，確確實實地存在著，或許有一天會開花結果，夏德忍不住傾訴：「沒事，我只是……真的、真的很愛你……」

他怎麼連哭也是在向他表達愛意。

賴田樂忽然覺得夏德有點傻，也讓人心疼，他好想好想把他捧著安慰，然後將他放在心底深處，那裡只會有他們兩人，還有自己滿滿的愛，如果能以愛將夏德堆埋起來，他想那麼做，後來賴田樂什麼都沒有問，靜靜地給他一個擁抱，接著抬頭踮起腳尖親吻他，露出燦爛溫柔的笑容。

「我也愛你。」

「所以，我們……嗯、結婚吧？」

夏德徹底呆住，他面無表情，眼睛卻瞪大，賴田樂則笑著牽起他的雙手，學他在他的掌心上親吻，「你其實不必實現我所有的願望，你知道的，也許你只要站在我的眼前，我就會愛上你，當然，我還是很感激你幫我的一切……現在，我什麼都不需要了，戒指、禮物、聘禮……通通都不用，你只要把你整個人給我就好了，我也是，把我完全地套牢吧，夏德，只要你想……不論任何原因，你都可以對我做你想做的事情，何況現在你是我的α了！」

「對了還有。」他張嘴咬住夏德的指腹留下齒痕，掀起眼簾扯著笑說：「我的標記。」

夏德手指一顫，愣愣地心想——確實開花結果了，他的愛。

回應賴田樂的是一個瘋狂激烈的深吻。

「好。」夏德直接將賴田樂抱起來，說：「現在就去登記。」

「欸？」這速度倒是賴田樂沒想到的，「等等、現在已經晚了——」

「沒事，一通電話就能解決的事情。」

哇鈔能力。

賴田樂不知道該從哪裡吐槽，頓時覺得有點不真實，雖然是他求的婚，但真的太快了，回過神來夏德的行動力就讓他們馬上拿到了那張證書，他呆呆地坐在夏德的懷裡看著擁有兩人簽名的紙張。

「我本來是想等你處理好你和你父親的問題，然後完成你所有的心願再來向你求婚……預計一年，想說太早的話你可能還會有疑慮。」夏德蹭著賴田樂的頭髮，「不過你都跟我求婚了，我當然答應，能這麼快登記真好，接下來就是補辦婚禮還有度蜜月，這些我早就預約好了，現在提早也沒有問題。」

賴田樂越聽越覺得不對。

他都計畫好了，聽起來就是不管怎麼樣他們都會登記結婚，只是早晚的問題，賴田樂當然是願意，可是越是細想，越是發覺自己好像太衝動了？明明還有一年的時間……

「田樂。」夏德抽出賴田樂緊緊捏住的證書，彷彿看透了他的想法，垂下視線淡淡地問道：「怎麼？反悔了嗎？」

賴田樂一慫，嚥下唾液，軟軟地依偎在他的α身上。

「沒、沒反悔，老公。」

他睜著大眼睛乖巧地說道。

# Chapter 3

# 延續的奇蹟

賴田樂的檢查報告顯示他是非常健康的Ω，現在只要固定吃藥控制住發情期的周期就沒有問題了，夏德的症狀也因為有了Ω伴侶而穩定下來，兩人的情況都有好轉，賴田樂確認自己對夏德真的有幫助後也終於鬆了口氣。

「真不可思議，我第一次的檢測報告確實是β，現在卻是某人的Ω了。」坐在副駕駛座的賴田樂感慨，他將報告收回文件袋，看向窗外逐漸熟悉的背景，默默地問：「夏德，你怎麼看？為什麼我爸要那麼做？」

「我能說出我的看法嗎？」

「說說看吧。」

「我想他是為了保護你。」

賴田樂一頓，視線倏地轉向正在開車的男人問：「你知道些什麼，是嗎？」

眼見男人第一時間沒有回應，賴田樂也馬上癱回自己的座位上，拉著安全帶說：「算了沒關係，沒事，我並沒有要怪你的意思，我想自己去問……親自聽他說。」

夏德看了他一眼頷首嗯聲，車子停在路邊，鄉下地區人車不多，一下車便能聞到帶有鹹味的海風，淡淡的，距離海邊應該還有一段距離，賴田樂帶著夏德在他以前居住的社區晃，他們最終停在一棟看起來稍嫌老舊的住宅，這裡已經沒有住人了，門口標示著出售的立牌，還有警示條將這圍起來，賴田樂向夏德介紹這裡：「看，這是我以前的家，我想要把它買回來……但是這不能依靠你，這要由我自己來。」

「那我先幫你買下來，等你存好錢我再賣給你。」

「喔好辦法！」賴田樂笑嘻嘻地道，他拉著夏德的手，指向前方說：「繼續走吧，再往前走一陣子就能看到海了。」

今天天氣很好。

湛藍的天空一望無際，連著平靜的海洋，沙灘上早已有零星的幾人正在玩耍，賴田樂在步道上脫下鞋子、折起長褲，然後跳入沙灘，陷進去的沙子感讓他感到懷念，他回頭迎向夏德，伸出手說：「來吧。」

夏德跟著他做出一樣的動作，兩人一起走入海灘，賴田樂邊走邊說：「小時候這裡可荒涼了，是我離開後幾年才漸漸地便成了觀光景點，看到前面那塊石頭沒有，就像一朵花，我倒是看不太出來，不過就是商人的噱頭囉。另外一邊就是商店街，我們那邊倒是維持原樣沒有變，可能再過幾年也會變得不一樣。」

「把那邊都買下來，你想怎樣就怎樣。」

「不要啦，沒必要花那個錢，我才不要便宜那些討人厭的鄰居，是說你這動不動就要花錢的習慣要改。」

「為什麼？賺了就要花。」

「您說得真有道理！可是也不要大筆大筆地花。」

「但我大筆大筆地賺。」

……

賴田樂不爭了。

他深吸口氣伸懶腰，爾後拉著夏德一起去碰碰水，海浪拍打上來的聲音與感覺令人心曠神怡，賴田樂看著遠方說：「我跟你說，夏德，那時候的海葬貴死了，但我媽就有說過希望自己能夠海葬，我想，讓媽媽在熟悉的地方待一會再隨著海浪一起離開也不錯。」

夏德牽緊賴田樂的手，輕聲附和：「嗯。」

「你呢，夏德？以後想要怎麼做？」

「想和你葬在一起。」

「哇，這聽起來有點驚悚但也很浪漫耶？」賴田樂輕笑，「好啊，就這麼囑託我們的孩子吧。」

「……孩子。」

「幹嘛？不生喔？」

「要。」

「我覺得一男一女不錯。」賴田樂抬頭看著藍天，忽然有點感慨：「嗯——誰還想得到一個月以前我還沒日沒夜地忙碌著呢，現在卻變成國內首富兒子的伴侶了，而且還閃婚，這就叫做……麻雀變鳳凰？」

「傳說鳳凰會浴火重生，寓意有著不畏痛苦、義無反顧、不斷追求……」夏德凝望著賴田樂說，「你很厲害，田樂，你一直以來……都是一位很努力、很棒的人。」

賴田樂一愣，臉頰忍不住發紅：「你幹嘛、幹嘛又誇我？」

夏德微笑應：「謝謝你的母親。」

明明是一句很簡單的話，賴田樂卻突然鼻酸，他仰頭眨眼，往左挪動一步貼緊夏德，向著他的臂膀蹭了蹭，低聲說：「下次帶恬渝一起來。」

「好。」

「還有安排一下讓我見你的父母吧。」

「他們最近在進行不知道第幾次的蜜月。」

「……好的，就、他們有空的時候再安排就好了。」賴田樂突然推了夏德，道：「對了上次你怎麼叫你爸做那種事情！」

「不好玩嗎？」

「挺有趣的！不過霸道總裁什麼的，那我們自己玩一玩就好了啦！」

夏德微微挑眉，倏地用力摟住賴田樂的腰，抬起他的下顎說：「『Ω，你這輩子別想離開我了』這樣的嗎？」

賴田樂瞬間噴笑，給夏德打一百分，後來賴田樂仔細指導霸道總裁的演技，兩人一起嬉戲，有說有笑，好一會後才拎著鞋子走回去，整理好重新坐回車上的時候，賴田樂突然覺得自己無所畏懼，可以輕鬆面對那個消失已久的父親。

真的可以嗎？

山路的關係賴田樂有點暈車，本來想說站一會呼吸新鮮空氣就沒事，但過度保護的男人直接將他抱出車，替他代步走進別墅，還馬上吩咐老管家叫醫生來，賴田樂馬上扯住他的衣領說：「不用，真的，你再那麼浮誇一個禮拜不給親親。」

夏德像是陷入了百般掙扎，他摟緊賴田樂的腰，勉強地道：「那至少讓我抱著你。」

「好啦，但在我爸面前要——」

「田樂？」

記憶中的聲音讓賴田樂一顫，他抬起頭，樓梯上的那人便映入眼簾，賴田樂絕對不可能認錯，自己的身上多少也有他的影子，不料下一秒卻看見他轉身逃跑，賴田樂不禁大吼：「你又要逃了嗎！光悅先生！」

那生疏的稱呼成功讓賴光悅停下腳步，他轉過身，視線停留在夏德身上，「原來如此，你是想拿田樂威脅我嗎？」

「威脅個屁！」回答的是賴田樂，他勾著夏德的脖子怒吼：「這我的α！」

「什麼？」

夏德點頭，眼神堅定，附和著賴田樂說：「我是田樂的α，岳父。」

「誰是你岳父！」賴光悅炸了，馬上走下樓質疑：「不可能，你不可能喜歡田樂！快點放田樂下來！」

「我說你久違重逢竟然是先貶低兒子嗎？不可能是怎樣？」賴田樂和夏德的臉貼在一起，炫耀似地說：「他標記我了！」

「嗯。」夏德依然堅定地附和。

「標、標記了……！」

賴光悅一副晴天霹靂的樣子，仔細探查就能發覺到兩人的信息素融在一起，他扶著額頭，臉色不佳，賴田樂沒管他，讓夏德放他下來，他走向賴光悅與他對峙，賴光悅卻閃避著他。

許久未見的爸爸為什麼看起來如此狼狽？

明明決定不會逃避，明明覺得自己什麼都不會怕了，也想著都過那麼久了，他可以冷靜地尋求真相，但真正面對賴光悅時，賴田樂卻無法馬上傾瀉出所有的委屈與不滿，一個人逃走後開心嗎？他很想要這麼問，之後呢？過著什麼樣的生活？以至於看見他又想再次逃走。

「為什麼什麼都不說了？」賴田樂擠出聲音，嗓子發顫：「你總要對我說些什麼吧？你是以什麼角色干涉我的戀愛對象？不說說嗎？」

賴光悅依然是撇開目光，不願意與他對視，也不願意重新對話，他就像是做錯事的孩子侷促地站在一邊，見狀，賴田樂覺得可笑，放下自己無謂的掙扎，直白地問：「所以你到底為什麼一聲不響地走了？都過那麼久了，還有什麼不能說嗎？媽媽到最後都沒有怪你，但我不一樣，媽媽就是被那群討債的人逼死的——」

「什麼？什麼債？」賴光悅這才做出回應，他一臉迷茫，「他們明明說……曉唯是因為信息素失調症才走的……」

賴田樂愣了愣：「你在說什麼？」

「治療這種病需要很多很多錢……更何況曉唯不願意綁定任何α，他們明明說，只要我跟他們走，就不會出現在你們的面前，也會幫忙積極治療曉唯……」

「你到底在說什麼？」賴田樂像是不敢相信似地用力拽住賴光悅的衣領，瞪大雙眼說出自己的親身經歷：「醫院說媽媽是過勞而死的，因為要幫你還錢！失調症也從來沒有聽媽媽說過，如果你有這些理由，為什麼躲到現在？還有『他們』是誰？」

「丁家。」夏德出聲回答，將賴田樂抓回來，繼續說：「我查過了，醫院那邊被收買了，一切都是他們自導自演，他們首先以岳母的信息素失調症威脅岳父離開並強迫岳父做一些事情，在短時間內賺取大量的醫療費，只有這樣他們才會幫忙治療岳母，不過他們非但沒有那麼做還向岳母隱藏病情，也擅自使用了岳父賺的醫療費，我猜私底下他們有聯絡岳母讓她回去，但岳母拒絕了，我想岳母應該也有察覺到自己的症狀，可等到發現的時候已經……再後來他們聯合醫院欺騙田樂，還強制將恬渝帶回去。」

賴光悅的眼神呆滯，微張著嘴卻說不出任何一句話，他跌坐在地，忽然無聲無息地流下淚水，過了幾秒才開口說：「他們、說已經盡力了，但還是很遺憾……也有給我看曉唯的報告書，那些治療的證明……竟然都是假的？我是為了什麼、才做那種事情，哈哈……結果都是謊言，我還害死了曉唯……？」

什麼？

賴田樂愣愣地看著瀕臨崩潰而哭泣的爸爸，腦袋裡盤旋著夏德說出的真相，什麼東西？他一時轉不過來，這就是他想從賴光悅口中逼問出來的真相嗎？而賴光悅又做了什麼？依照丁家惡質的個性……賴田樂不敢想了，他隱忍著情緒，蹲在賴光悅的面前，盡量平靜地問：「你做了什麼事情？」

賴光悅只是掉著淚，自暴自棄地道：「Ω為了賺錢能做什麼？我痛恨著Ω的身分，這副身體一無是處，什麼都保護不……」

他的咒罵戛然而止。

因為他看見自己的兒子縮成一團在哭，沒什麼聲音，就是不停地掉淚，以那可憐的雙眼看著他，時間彷彿回到過去，那是賴田樂小時候的哭法，默默地掉淚、默默地抗議，但那是以前了，現在的賴田樂一邊哭一邊為他抹去淚水。

那雙手比以前大了好多好多。

「所以你才竄改了我的性別嗎，爸？」

聽見那聲稱呼賴光悅猛地驚醒回神，靜默幾秒後答：「你原本是優性Ω，知道這是什麼意思嗎？丁家會把你當成生產工具，該死的！不如永遠當普通的β吧，反正只有優性α才會讓你……等等。」

賴田樂淚眼汪汪地指著夏德說：「這傢伙就是優性α，還是極優性喔。」

「難怪……！你對我兒子做了什麼！」

夏德禮貌上地回答：「什麼都做了。」

賴光悅傻愣：「什、什麼都做了……」

賴田樂以哽咽的聲音補充說：「以後還打算給他生一打。」

「不可以。」賴光悅激動地駁回，「α都是人渣，更何況是極優性α！」

「讓你懷上我的媽媽就是α。」

「她例外！」

「爸。」賴田樂輕聲呼喚，伸手試著拉住賴光悅的手，見他沒有排斥後緊緊握住，吸著鼻子說：「錯的是那群混蛋，我知道他們有病，沒想到病得那麼誇張，這種喪盡天良的事情竟然真的做得出來，那可是他們的女兒！你唯一做錯的就是打算一個人扛，還讓我以為你把我們都丟下了……這樣豈不是沒有人能夠理解你嗎？那該有多委屈……我知道因為那時候我們還小，但為什麼知道媽走了還不回來？明明不用經歷那些的、明明不用……」
「他們承諾會好好照顧你們，我不知道……得知曉唯死後的我，打擊太大了……」
賴光悅的目光茫然，臉上還留有淚痕，他看著賴田樂，眼中的情緒異常平靜，「我不知道在那個小房間裡面過了多久，田樂……過了多久？我只能靠著曉唯和你們的的照片堅持下去，我想，我還不能死……他們最後看我身體要撐不下去的時候也不打算放過我，怕我出去會亂說話，所以一直一直……」
「不要說了。」賴田樂想起丁家將Ω集體監禁起來的畫面，天曉得賴光悅是怎麼面對那永無止境的絕望，他一把抱住賴光悅，顫著音道：「回家吧，爸……回家，沒有人能夠傷害你了。」
賴光悅很久很久沒有看到他的孩子了，卻還是一眼認出了賴田樂。
為什麼？
他一直一直將他心愛的人放在心上，為什麼他是Ω？Ω和Ω一起扶持相愛難道真的錯了嗎？所以丁曉唯才會死去、所以他才受到那種待遇，從以前到現在，每個人都瞧不起他的身分，Ω成為醫生怎麼了？一位Ω帶著孩子又怎麼了？
該死的鄉下人、該死的老頑固、該死的α！他才沒有錯！

他只是、只是……想回家啊。

回到那個溫暖又平靜的家，門口那處有著他的愛人以及孩子們迎接他。

賴光悅緩緩地抬起手，輕輕回抱他的孩子，溫暖的懷抱讓他再次掉淚，靜靜地、令人心疼地……終於全數爆發，一開始只是小聲地啜泣，後來越來越控制不住，他聲嘶力竭的哭喊道盡了一切，然而某一瞬間他像是驚醒般，臉上的神情彷彿懼怕著某物，他推開賴田樂問：「可、可以嗎？真的可以嗎？可是那些人……」

「沒事的。」賴田樂抹去臉上的淚水，看著眼前受驚的爸爸拚命讓自己振作起來，安慰說：「夏德會處理。」

「你要靠這個α？」賴光悅看起來還無法相信夏德，「如果哪天他——」

「丁家那群人現在已經被逮捕了，都是多虧夏德，爸，那些人……再也不會出現在我們的眼前了。」

「請放心，岳父。」夏德插話說道，「他們不會有重見天日的機會。」

聽到那稱呼賴光悅就不爽，依然怒道：「你不准用那個稱呼！我還沒有承認你這傢伙！」

「安啦，別看夏德這樣，他愛死我了，我也愛他。」賴田樂努力勾起唇角緩和氣氛，

「如果發現他不好再離婚就好，而且贍養費我會狠狠敲一筆。」

夏德立即反抗：「不會離的。」

「我比喻嘛。」

「那也不行。」

「看，他真的很愛我，也真的對我很好很好。」

賴田樂笑說，他起身向賴光悅伸出手，他想，這一次如果爸爸還想要逃，那就逃吧，他會追上去，一遍又一遍地告訴他沒事的、沒事的，想哭就哭吧，他已經長大了，可以抹去爸爸的淚水、可以牽起爸爸的手、可以擋在爸爸的面前阻擋一切，現在，一切都會慢慢好轉的。

「來吧，既然你那麼不滿意夏德，那就讓我跟你說說我們之間的相遇，也許我們可以先……久違地一起吃一頓豐盛的晚餐，好不好？」眼見賴光悅還有些遲疑，賴田樂又道：「爸，相信我。」

最終賴光悅搭上那隻手，他重新站起來面對他的兒子，又看了眼後方的夏德，他將他從那個陰暗的小房間裡救了出來，還帶他來到這裡休養，當初他的精神狀況比現在還要差，連一句話也說不出口，直到那名α再次出現在他的面前說：「謝謝您生下了賴田樂。」

從那一刻起，他才感受到情緒的波動，賴田樂這個名字他認得，是的、是的，那個令人驕傲的孩子……從那之後他努力讓自己恢復正常，他確實應該要感謝夏德的幫助，可心理上的厭α症也不是一兩天就能治好，他依然不相信，但為了賴田樂會試著去相信，現在他也只是希望自己的孩子能夠幸福。

——如果他心愛的孩子能在這該死糟糕的世界，幸福地過著自由又明媚的日子，那就再好不過了。

賴光悅由衷地期盼著。

◆

晚餐過後就讓賴光悅去休息了。

賴田樂想在這邊住一晚再走，夏德便帶他到角落的房間，他們一起到陽台上吹風，抬頭就能看見清澈的星空，賴田樂靠在欄杆上笑說：「結果我爸到最後還是沒有認同你。」

「總有一天會的。」夏德也不氣餒，把這當作了長久戰，「岳父的精神狀況還不太穩定，醫生建議讓他繼續待在這裡，這裡很安靜，適合療養。」

賴田樂出神地凝望著夏德，突然說：「你真帥，怎麼能夠……這麼照顧我的家人？謝謝你幫我照顧我的爸爸。」

夏德看著那那雙閃閃發亮的眼眸，垂首親吻他的額頭，說：「也是我的岳父。」

賴田樂不禁失笑：「你岳父岳父地叫是故意的吧，我爸快氣死。」

夏德沒有承認也沒有否認，他湊到賴田樂的耳邊轉而說：「我還有一件事沒說。」

「什麼？」

「我想，除了法律的制裁還不夠，丁家需要為他們做的一切付出更多的代價，不是嗎？」

「會有被發現的疑慮嗎？」

「不會。」夏德冷聲道，極優性α的威壓以及冰冷的語氣讓人感到毛骨悚然：「我很擅長讓一個人完全消失，不會有人發現的。」

賴田樂捏緊欄杆，笑了幾聲，以異常爽朗的口吻道：「那請凌虐他們。」

「沒問題。」

「還有啊，我希望婚禮能夠辦在我爸好了之後，可以嗎？」

「不急，你想什麼時候都可以。」

他什麼都說好、可以、沒問題，是什麼大方的聖誕老公公嗎？不管他是好孩子還是壞孩子都會幫他，賴田樂失笑想，他呼出一口氣，憤怒有些麻木了，他不在乎的，那些人的性命，最好以悽慘的模樣死去，而實現他這道德淪喪的願望的人依然是夏德，賴田樂因而又忍不住道謝：「夏德……我真的、真的很感謝你。」

賴田樂立即勾住夏德的胳膊討好他：「那你也跟我許許願吧。」

夏德瞥向他，按住他的唇道：「你道謝很多次了，再說就是把我當外人。」

「我想要的已經得到了。」

「再貪心一點？」

夏德一頓，緩緩地說：「……別說那種危險的話。」

賴田樂再加把勁：「項圈、手銬或是腳銬都沒問題喔。」

夏德扳過賴田樂的肩膀，將人壓在欄杆上反問：「我在你眼裡是那種人？」

「不、不是？」

「嗯。」夏德坦然地說：「我已經訂製好腳銬了。」

「呀你這人……！」

「我易感期的時候可能真的會控制不住，到那個時候就要委屈你了。」

「不委屈。」賴田樂親了親夏德的下顎，摸摸他道：「發情期的時候你幫我，你易感期我當然也要幫你。」

夏德低頭蹭著他說：「你真好。」

「原句奉還！」

賴田樂拉下夏德親吻他，夏德順勢摟緊他加深這個吻，在夜晚的山上兩人貼在一起的溫度剛剛好，賴田樂很喜歡，喜歡到不知道該怎麼傾訴，明明方才的情緒讓他感到噁心想吐，他知道丁家的人很可惡，可沒想到到那種地步，怎麼能這樣摧毀一個人？他感覺到氣憤、感覺到難以輕易消化的恨意，但夏德幫他消化乾淨了。

他說的『消失』好像很輕鬆，彷彿那些人的性命不值得一提，賴田樂應該要感到害怕的，會不會有一天，夏德的感情消耗完了，他也成為不值得一提的存在？不知道，賴田樂無所畏懼，可以說他被愛沖昏了頭，也可以說他就習慣夏德這樣。

「夏德。」

賴田樂柔聲呼喚，他摩娑著夏德的嘴唇，那深色的眼眸裡滿滿的都是他，他不知道為什麼要害怕這樣的人，現在他的妹妹和他的爸爸都可以邁向幸福了，那麼，他也想要帶給夏德幸福，他其實覺得夏德身上還有很多謎題……而他也是。

「雖然這麼說有點奇怪……但在遇到你之前，我一直一直在做奇怪的夢，但現在已經不記得內容了，只記得有個人在呼喚我。」賴田樂凝望著夏德，溫柔地笑說：「我有聽到喔。」

他只說到這裡，想著夏德會明白他的意思。

確實。

夏德這次沒有哭，反而笑了，賴田樂又聽到了，如同他曾經的求救渴望，永遠是他、永遠是賴田樂，他從來沒有特別希望賴田樂想起以前的事情，無所謂的，他現在就在他的身邊，夏德就只是覺得不可思議，是不是因為賴田樂也非常非常愛他，所以才會如此呢？即使沒有他的干涉，他還是記得他的那碗粥、記得他的呼喚，一直以來，夏德都希望自己能夠成為賴田樂的支柱與希望，但事實上，這一次仍然是賴田樂支撐了他。

他總是能理解他、包容他，給予他想要的一切。

「田樂。」

「嗯？」

「田樂……」

夏德輕靠在賴田樂的額際，牽起他的手，唇角微微上揚，賴田樂拉著困惑的長音回覆他，等待著他的回答，他的那雙眼裡帶著笑也帶著光迎向他，夏德感受到熟悉的平靜，笑說：「沒什麼，就想叫叫你的名字。」

「什麼啦。」賴田樂笑應，倒也沒有繼續追問，看夏德笑得那麼好看又沒忍住親了一口，說：「唉我老公真愛撒嬌。」

「只對你。」

「對其他人呢？」

「殺絞。」

聽起來像是殺了再處以絞刑。

賴田樂莫名其妙聽懂了，拍了拍夏德，指正：「好人和無辜的人不行，壞人可以，例如姓丁的混蛋。」

「聽你的。」

「唔，突然覺得有點冷了，我們進去休息吧，啊對了今天什麼都不可以做喔。」

夏德一臉認真地指控：「這是酷刑。」

「不行啦，畢竟我爸也在這裡，不可以就是不可以。」賴田樂拉著夏德回房間，他關上窗戶，背對著夏德，回頭又說：「回去補償你，色色的補償……嗯？」

賴田樂這麼說的時候還在唇前圈出形狀，吐著舌頭示意，尾音的上揚特別誘人，夏德一顫，即答：「好。」

於是今晚賴田樂一覺好眠。

夏德則是等賴田樂熟睡後才緩緩地離開床鋪，他再次前往陽台，打開窗戶後轉身冷眼望向憑空出現的女性，她在夏德的面前以女騎士的身分現身，夏德並不歡迎她，開口便說：「有事？」

丹蘿無意干擾他們的生活，她只是好奇，因而前來問話：「我不明白，為什麼你能存在於賴田樂二十二歲以前的記憶裡？你明明重來了，我也已經重新刪除，他的淺意識裡卻依然有你，為什麼？為什麼準則沒有懲罰你？」

「準確來說，這一次我完全沒有干涉，就連以前的事我也從來沒有跟田樂說過，無論是暗示或明示，通通沒有。」夏德冷漠地應對，「所以我為什麼要接受懲罰？」

「那麼，出問題的是賴田樂本人嗎？」

夏德掀起眼簾瞪視著丹蘿，一步一步地靠近她，威脅說：「田樂什麼都不知道，你無權干涉他。」

「但他曾經確實是把準則搞得一團亂的危險人士。」丹蘿絲毫不畏懼夏德，她冷靜地進行判斷，「不過，那歸咎於烏諾斯的罪，我確實沒有處理賴田樂的權限，隨意干涉人的靈魂是大忌，我想，應該是你的存在刻印在他的靈魂，這是怎麼做的？你們的身上並沒有任何的魔法或巫術。」

夏德微微挑眉，像是在思考丹蘿的話，他以高高在上的姿態反問：「我為什麼要幫妳解開疑惑？」

「……不說也無妨，我會自己去找答案。」丹蘿說完便打算離去，意外的是夏德叫住了她：「丹蘿小姐，妳懂什麼是愛嗎？」

「什麼？」

「我有心想事成的能力，但帶有執念的心願必須付出代價，我想過了，重來的時間或許就是我的代價，我希望田樂能夠幸福快樂，他所有的心願都會實現，那麼，也許……他好奇著夢裡的那些內容，所以恰巧碰到記憶點的時候才會想起來，就像他吃那碗粥時，突然有既視感。」

「就這樣？」丹蘿忍不住質疑，「這樣就能無視準則？」

「其實我是想說，因為我們相愛，所以不管在哪裡都會發生奇蹟。」夏德看見丹蘿的眉毛一抽，厚臉皮地補充：「妳單身當然無法理解。」

「……」

「我剛剛說話的語氣是不是挺像田樂？惱人的那方面。」

丹蘿沒有回答問題，反而一字一句地道：「希望你們能夠一直相愛。」

「這並不是神需要擔心的事情，對了。」夏德關上窗戶，偏頭示意路線，「別從窗戶進出，田樂不喜歡，要走麻煩從大門離開。」

丹蘿不知道為什麼覺得有點疲憊，她點了點頭，無聲無息地走進房間，正想打開房門時，夏德在她的背後再次開口：「那個時候，我的世界因為田樂破壞了準則意外產生了更多的能量，對吧？以前我在旅行的時候走遍了各地，確實能感受到不一樣，以前鬧旱災、飢荒的地方開始下雨，那些人的生活逐漸變好，這其中的意義，我想才是妳需要探討的。」

「世界管理局不會有差錯，那都是由烏諾斯這個異端引發出來，雖然結果是好的，但誰也不知道下一次異端的出現會不會直接毀了世界。」丹蘿冷著臉應答，像是不會容忍任何人對世界管理局的質疑，可她看著夏德和賴田樂，離開之前又道：「不過，我會思考你說的話，打擾了，願我們不會再相見。」

「我也希望。」

夏德瞥向牆上的時鐘，等到丹蘿踏出這個門，秒針才重新開始轉動，他靠近熟睡的賴田樂，確認一切安然無恙後下意識地鬆口氣，其實他也不知道，一切都只是他的猜測，搞笑的是，他的確相信是因為他們相愛的原因，所以他們之間的羈絆才能越過那可笑的準則。

夏德從來沒有相信那所謂的世界管理局。

不過那已經不關他的事情了，夏德輕撫著賴田樂想，月光將他照得溫柔美好，夏德忽然想起他們道別的那一天也是如此，他在床邊看著賴田樂，時間將死亡帶到近在咫尺的地方，當他們意識到彼此都老了的那個時候，在南國的邊境小村落待了下來，一日過一日，有著彼此的陪伴日子也算過得愉快滿足，直到有那麼一天，賴田樂沒有從睡夢中甦醒。

不知道是不是因為那副身體終究不是他的緣故，晚年的賴田樂比他還要更早離開，他是在夢中離開的，沒有痛苦，無聲無息地回到他的世界，夏德不知道他的靈魂是不是被丹蘿牽走了，只知道，他的一切已經離他遠去。

夏德那晚特別有種感覺，所以一直一直和賴田樂搭話，賴田樂似乎也有預感，斷斷續續地回應著，說自己在這裡過得真的很幸福滿足，這個國度很不可思議，讓他有了各式各樣的體驗，他有種自己做了個奇幻美夢的感覺，說他來到此處，與夏德相愛真的太好了，他無怨無悔。

——『唯一遺憾的是……我真的、真的不想忘掉你，我一定會記得的，不論用什麼方法……一定、一定……你要相信我。』

——『我相信你。』

啊。

原來如此。

兩個人的承諾以及心願，一起開花結果了。

此時的夏德默默地鑽進被子裡，賴田樂聽到聲響自然地摟抱住靠過來的夏德，迷迷糊糊地詢問：「嗯？怎麼了？睡不著嗎……？」

夏德搖了搖頭，在溫暖的懷抱裡閉上雙眼。

噗通、噗通。

過了好一會，夏德聽著賴田樂的心跳聲也同進入了夢鄉。

◆

賴田樂知道自己在作夢。

他看見一位男人的背影，男人坐在小木桌前似乎在寫著什麼，能看出他的手粗糙蒼老，還有大大小小的傷疤，除此之外賴田樂注意到自己和他身處在一間裝潢佈置溫馨的小屋裡面，陽光能夠從窗邊灑落進來，將整個空間照亮，還有個人躺在床上，賴田樂看不清楚那人的臉，也無法轉移視角確認那名男人的面貌。

他待在原地好一陣子之後男人才終於起身，但不管賴田樂怎麼努力都只能看到他的背影，男人緩慢地走到了床邊，蹲下時膝蓋有些發顫，他從床底下推出小盒子，裡面裝著不管怎麼樣看起來都很不妙的小瓶子，男人卻一飲而盡，接著靜靜地躺上床，躺在那人的旁邊，安然地閉上雙眼。

賴田樂依然看不見那人的面貌，陽光將床上的兩人照得耀眼，但賴田樂知道，男人死去了。

心情莫名低落，賴田樂不曉得這夢是怎麼回事，這時他注意到小木桌留有男人寫的信，他試著伸出手，驚訝地發現自己能碰到那封信，於是他小心翼翼地拆開來閱讀。

我想要留下證明，因此寫了這封信。

我是夏德・亞勃克，很遺憾，我和里斯・亞勃克並沒有因為幾十年前的馬車事故離開，那只是我們脫離皇室的藉口，經過了那麼多年的征戰後，我代替突然逝去的父親成為皇帝同樣也很多年了，我自認自己為亞勃克盡了最大的責任，我累了，因而與薩西維以及珞茵娜串通好，我便帶著里斯一起離開。

我不曉得這內容會不會被處理掉，但大家所見的里斯．亞勃克已經不是里斯了，他是我一生的伴侶，賴田樂，他是我的一切、希望與救贖，很顯然，我已經失去他，所以等等我也會隨著他一同離去。

我只是想要讓那些在乎我的人知道。

我過得很好很好。

與田樂一起到處旅行的日子我真的過得很幸福，我沒想到這個世界是如此的廣闊美麗，我會一輩子記得……就像田樂說的，這些美好的回憶，怎麼能遺忘呢？而在皇宮的那段日子，也有著快樂的回憶，我對於自己的選擇並不後悔，但我感到抱歉的是，因為我的私心，田樂和我躲躲藏藏了好長一段時間，這是我欠他的。

我欠他一個完整的婚禮、欠他一個公開的關係……欠他好多好多，這麼說的話，也許他會生氣，事實上，與他躲藏的日子，我也覺得有趣。

我想，我很慶幸我能誕生在這個世界上，到了一定的年紀後，回想過去……我是真的這麼認為，賴田樂就是能夠讓我這麼想的一個人。

他讓我能夠肯定自己。

所以不能怪我，是吧？

我知道自己的身體狀況，頂多再一兩年，但光是一個早晨我就等不下去了，我在床底下藏了一瓶毒藥，就是為了這一天。

田樂，我想你了。

請等著我。

我很快就會過去。

謝謝你的陪伴，讓我這一生如此精采，了無遺憾。

我永遠永遠愛你。

另外，不論看到這封信的人是誰，麻煩請將我和田樂葬在一起。

謝謝。

夏德・亞勃克

賴田樂陷入長久的沉默。

他靜靜地看著四周，感覺有一點熟悉卻什麼也想不起來，是什麼呢？這種難過又欣慰的心情？不清楚，他只是看到信裡寫著『過得很好、過得很幸福』這些字句時下意識地捏緊了信紙。

是嗎。

是這樣啊。

那真的是、太好太好了呢。

賴田樂匆忙地將信紙摺好放回去，裝作沒事地吸著鼻子，這時候眼前的畫面突然一轉，眨眼間似乎移到了其他地方，這裡什麼都沒有，空無一物，就在賴田樂感到困惑之際，後面傳來了女性的聲音：「你想要想起來嗎？」

「什麼？」

賴田樂回過頭，只見那名女性的臉也是模糊的，不過只是看不清楚她的眼睛，賴田樂嚇了一跳，立即後退，女人對此笑了笑，繼續說下去：「那個啊，信裡為什麼會有夏德和你的名字，不好奇嗎？我可以幫你，只不過我會跟你收取一些代價，放心，不痛不癢的那種代價。」

眼見女人問完問題後就沒任何舉動，察覺不出惡意，賴田樂便放下警惕，思慮許久，緩緩地搖頭拒絕：「……不了。」

「為什麼？」

「因為他說過得很幸福，那就夠了。」賴田樂小心翼翼地望向她，不確定對方是否也看著他，他微聳肩，帶著笑猜測：「那個賴田樂是指我對吧？我不知道該怎麼說……但我知道我一定也覺得超級幸福，一起經歷的一切……旅行一定、一定也很快樂有趣吧，所以現在更要開開心心健健康康地和我的夏德活下去，而且妳說了要代價……我想，沒那個必要，不是嗎？」

女人愣了愣，隨即點頭，突然伸手大力揉著賴田樂的頭髮，她露出燦爛的笑容，大聲回應：「好！真是個好孩子！離開這裡吧，這是我第一次和你見面也是最後一次……不用擔心，代價我已經用我的力量幫你抵了，所以他們也不能找碴。」

賴田樂忽然感到一陣暈眩，他趕緊捉住那人的手腕挽留她：「等等、什麼？妳究竟是誰？」

女人輕鬆地將賴田樂的手拉開，改以雙手緊握住他，真誠地道：「謝謝你拯救了我的孩子，這是我給你的謝禮。」

她推了一下賴田樂的腦袋，賴田樂隨即向後倒去，他伸出手卻什麼也沒抓到，只聽到那溫柔的嗓音說——「我是真正的女武神，親愛的孩子。」

……

賴田樂猛地驚醒。

他在原本的房間裡醒來，還沒有反應過來便被床邊的夏德關切，他捧著賴田樂的臉細細摩娑，柔聲詢問：「怎麼了？」

賴田樂愣愣地應：「夢、夢到一位女神……」

「什麼？」

男人的嗓音大概馬上低了八度，信息素頓時也充滿危險，賴田樂這才發覺到自己說了什麼，趕緊補充挽救：「呃、不是，不是啦！我、欸？我夢到了什麼……等等，別那種表情！真的不記得了！」

「你對女生還有留戀，是嗎？」夏德表情淡淡的，但他的動作以及口氣就是讓人毛骨悚然，「甚至還哭了。」

「沒有！」賴田樂惜命地大聲駁斥，並且拍打著胸膛坦蕩地說：「我、我——那麼愛你的大雞雞，甚至沒有你的大雞雞就射不出來，你的大雞雞那麼棒，我還去想其他的幹嘛？」

夏德挑眉，沉默了幾秒，以微妙的眼神示意賴田樂，賴田樂好一會後才接收到，他張了張嘴，以心死的目光望著夏德說：「請不要說你們沒關然後剛好有人站在那裡聽著我們的談話。」

夏德撇清責任應：「我是來叫你起來吃早餐的。」

賴田樂沒有勇氣回頭，就這樣又過了幾秒，本來也想來催促而站在門口的賴光悅便小心翼翼地出聲道：「沒事，我什麼都沒有聽到。」

第一秒，賴田樂倒頭埋入枕頭裡尖叫。

第二秒，他拿起枕頭扔在夏德身上。

第三秒，將人全都趕了出去並且惱羞地用力關上門，夏德最後還隔著門說：「女神的問題我們還沒有解決。」

「就說了我已經忘了我夢什麼！還有什麼女神，我老公的長相還會輸嗎？我就喜歡你這樣的，只喜歡你這樣的啦！」

賴田樂憤怒地甩開門怒吼，說完後再次用力關門，顯然已經自暴自棄，夏德和賴光悅一起面對著上鎖的房門，前者先道：「抱歉驚擾到岳父。」

賴光悅揉了揉自己的太陽穴，嘆息著道：「……你還是去哄一下田樂吧，記得跟他說爸爸我、嗯，沒有意見，我先去樓下等著，你們慢慢來，我自己看著辦，餓了也會先吃。」

「好。」

眼見賴光悅走下樓，夏德翻出口袋裡的鑰匙，非常理直氣壯地撬開房門走進去，尋了一下看見賴田樂正在浴室裡洗臉，夏德便拿了條毛巾過去，等到賴田樂閉著眼睛尋找的時候遞給他，賴田樂也很順手地接下，不過擦臉的動作立即一頓，夏德接著說：「岳父先下去了。」

賴田樂露出眼睛，以眼睛咒罵著夏德，聲音悶在毛巾裡：「……我要討厭大雞雞了。」

「真的？」

「煩欸！」賴田樂怒丟毛巾，站在夏德面前漲紅了臉吼道：「喜歡啦喜歡！超級喜歡，怎麼可能討厭！我只是覺得在久違的爸爸面前……！太丟臉了！」

噗嗤。

賴田樂一愣，只見夏德垂首靠在賴田樂的肩膀處悶笑，似乎正在努力控制，但斷斷續續的笑音依然準確地傳進賴田樂的耳裡，他看見夏德捂著嘴，笑容卻藏不住，也看見了夏德的眼裡帶笑，他笑著說：「你太可愛了，田樂。」

氣消了。

甚至腦袋空白。

這大概是夏德第一次在他的面前這樣笑，賴田樂感覺到自己心跳加速，情不自禁地親上去，嘟著嘴悶聲抗議：「不准在別人面前這樣笑，太好看了。」

夏德又是笑，他摟著賴田樂回吻，將人抱起來放在洗手檯的檯面上繼續親，賴田樂也乖巧地搭在男人的肩膀上回應：「但是……唔，以後在我面前多笑吧，開心的大笑，我喜歡。」

「好。」

夏德親吻著賴田樂的唇角以及臉頰說，賴田樂忍不住跟著傻笑，任由夏德抱著他回到主臥並等待著夏德幫他準備衣服，他晃了晃腳，看見地板上的影子，外頭燦爛的陽光讓他恍神了一會，他轉過頭，看見衣櫥鏡子裡的自己。

粉色的髮絲、精緻的五官以及那熟悉的西方服飾……賴田樂眨了眨眼，頃刻間鏡子裡仍然是原本的自己，賴田樂因而輕笑，接著低頭迎向那名硬是要幫他穿上鞋子的男人。

夏德注意到賴田樂的視線，問：「怎麼了？」

「沒事。」賴田樂笑說，他望向窗外的風景說：「只是……肚子餓了。」

——這一次，也和他一起幸福地過吧。

他看見了鏡子裡的自己這麼說。

# 尾聲

丁家的醜聞轟動社會長達三個月，甚至引發眾多Ω上街抗議，誰也沒想以高雅、清廉形象活動的丁家竟然主導著這種監禁、控管並且買賣Ω的交易，連帶扒出更多有參與這事的高層人士，這意外促使相關法規加重刑罰的擬定，而這一切的功勞全歸於夏德，夏德並無隱瞞，在檯面上隱藏許久的他終於現身解釋，說這些都是為了自己的伴侶，於是夏德帥氣深情的形象直接爆紅，讓由亞勃克集團代理、銷產的商品銷量翻倍，股市也漲到最高點，這讓賴田樂不知道該驕傲還是生氣。

氣自己的老公變成了民眾的意淫對象，還變成國民老公。

氣死。

國民個屁。

那是只屬於自己的老公！

賴田樂馬上表明自己的不滿，但也只是鬧鬧，不過夏德認真地以身體力行的方式證明自己的愛後，賴田樂就再也沒有吵過了，相關新聞也漸漸淡下來，隨著時間的推移，賴光悅也終於能跨過心坎，和賴田樂與丁恬渝一起重新回到那個地方——

此時此刻站在賴光悅旁邊的丁恬渝卻哭得一塌糊塗，嘴裡說著其他事情：「你也這麼覺得吧爸爸？哥哥和夏德哥太快結婚了！下個月補辦婚禮什麼的……啊啊！」

賴光悅則是頭痛地望著平靜的海洋，低聲碎念：「不知道曉唯是怎麼想的，親愛的，可以託夢給我嗎？告訴我到底能不能放心將田樂交給那傢伙……竟然現在才說你們其實已經登記了？我的天……」

「有、有必要這樣嗎！」賴田樂插著腰大聲壯膽，他就是怕他們會有這個反應所以一直隱瞞著，他拽著就在旁邊的夏德說：「爸，恬渝，夏德對我們那麼好，你們不用擔心啦！而且是我、我求婚的！」

丁恬渝和賴光悅一起望向面無表情的夏德，夏德點頭證實，兩人不知為何紛紛嘆息，丁恬渝移開視線，噘著嘴不滿地說：「哥你這個笨蛋是不會懂的啦，好不容易……現在卻馬上被搶走了，還是哥自己跳進去……」

「嗯哼，看來我們的恬渝覺得寂寞，吃醋醋了？」

「哥！爸你也說說哥嘛！」

「……年輕人怎麼樣我沒有意見，不要受傷就好。」賴光悅似乎還在努力接受這個事實，畢竟寄人籬下的他總不能當個壞角色，甚至真的厚臉皮地指責兒子的作法，他捏捏眉尖，向著夏德說：「雖然我是覺得可以再相處久一點再走下一步，不過，我還是要感謝你為我們做的一切，夏德，謝謝你……請務必替我照顧好田樂。」

「我會的。」夏德鄭重地道，一副乖巧女婿的模樣說：「那都是我該做的，岳父。」

想也知道這人的本性一點也不乖巧，賴光悅又是扶額：「唉頭好痛，還是算了，那稱呼我還是不喜歡，我覺得我又要高血壓了。」

「爸！」賴田樂實在是不懂為什麼他的家人都不喜歡夏德，「別忘了說好了下禮拜要和夏德的爸媽見面。」

「呃嗯我的頭更痛了，爸爸有嚴重的社交障礙……恬渝妳去吧。」

「不不不不！」

夏德適時地貼心說道：「不見面也可以。」

「不可以！」賴田樂卻不同意，「該做的禮儀還是要做，畢竟我們家受到你那麼多的照顧，你們該不會要讓我孤軍奮戰吧？」

賴田樂都這麼問了，身為妹妹和爸爸的兩人也只能妥協，答應會好好赴約，賴田樂這才滿意，向著夏德比出勝利的手勢，夏德微微一笑，輕推著賴田樂，他被推到賴光悅的身邊，面對著賴光悅疑惑的表情，賴田樂張了張嘴，低下頭問：「還、還有啊……這麼晚才說確實是我的錯，但我覺得，我們已經可以迎向好消息了！接受別人的祝福，告訴大家我們過得很好！所以……！所以！婚禮會來吧？對吧？」

賴光悅看著他的兒子，如此詢問的寶貝兒子，愧疚、不捨、感激等情緒瞬間湧上心頭，他不禁問道：「可以嗎？這樣的我……可以陪你走那一段路嗎？」

「當然……！」

賴光悅與記憶中的模樣幾乎沒什麼變化，只有眼角的皺紋變深，但賴田樂覺得自己變了很多，他想，他還可以像以前那樣撒嬌嗎？賴田樂不確定，但當賴光悅依然以他熟悉的溫柔神情詢問他時，那股酸澀的心情讓他眼眶發紅，不過早他一步哭出來的丁恬渝已經撲向他們，家人之間的擁抱十分暖和，賴田樂的淚水收了回去，反而笑出來，他回過頭，向駐足在一旁注視著他們的夏德伸出手，於是夏德也加了進去。

海浪拍打上來，在沙灘上散開白沫，接著離去，像是捲走了所有不好的東西，賴田樂牽緊夏德的手，是的，所有的事情都往好的方向發展了，時間將他們帶往美好的位置，賴田樂相信那會是一場最棒的婚禮，誰也沒有欠誰，從很久很久以前到現在，他都是心甘情願地跟著夏德，那些點點滴滴，不論是淚水和歡笑都值得回憶，而這一次，他和夏德有著大家的祝福以及陪伴——

噹！

伴隨著祝福的鐘聲，夏德抱起賴田樂，賴田樂開朗地舉起捧花，倒數三二一丟了出去，隨即抱上夏德的脖子，在紛飛的花瓣之下與夏德擁吻在一起，在吵雜的人聲中，那低沉帶笑的嗓音特別明顯。

「我愛你，田樂……」

賴田樂笑得燦爛，一如往常，柔聲回覆他的愛人。

「生來如此，我親愛的皇帝陛下。」

Fin.

番外一

# 初戀

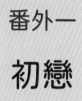

丁恬渝曾經有一個夢想。

她希望自己能和她心愛的王子殿下永遠過著幸福快樂的日子，可後來她發現，自己根本不是公主，也當不上王子，因為她只是一個膽小鬼。

懵懵懂懂的她陷入了懵懂的戀愛，小時候的她特別黏人，幾乎是和賴田樂形影不離，賴田樂也對她很好，明明沒有血緣關係，卻對她真的像親妹妹一樣照顧，總是會站在她的面前牽著她、守護她，從以前到現在都是如此，而她卻背叛了這樣的賴田樂。

當她檢測報告結果出來時，她突然意識到賴田樂或許並不是王子殿下，而是她的公主，成為α的優越感讓她頓時充滿信心，如此一來，那些人就會對她改觀，不會再無視她，她也可以把她的哥哥接過來了吧？甚至、甚至可以標記哥哥……！

然而事實卻狠狠地打了她一巴掌。

那些人確實沒有再無視她了，給她換一個算是溫暖的房間，也終於願意給她豐盛的伙食，可是當她提及賴田樂，奶奶拖著她的頭髮毒打了她一頓，並不准她再說出那個名字，標記什麼的當然也不可能，她絕對不會讓β踏入這個家一步，後來丁恬渝被懲罰關進小房間，一開始丁恬渝還有反抗的力氣，那是她的哥哥，為什麼不行？是她想要一輩子對他好的對象，以前賴田樂是她的王子殿下，現在換她成為帥氣的王子去拯救哥哥，有什麼不對？

沒什麼不對。

只是黑暗、飢餓與時間消磨了她的意志。

重見天日的那一天，丁恬渝兩眼無神地和奶奶承諾再也不會說那種蠢話，她連淚水都流不出來了，也不敢再反抗他們，就像是被痛苦訓練而成的乖巧動物，直到賴田樂重新出現在她的眼前。

彷彿回到重見天日的那一天。

丁恬渝下意識地感到畏懼，可依然無法抵抗陽光，她曾經嚮往的、喜愛的……就讓她藏到心裡吧，那是她的初戀，最初也是最後，大概這之後也不會再喜歡上任何人了，就連被迫與發情的Ω關在一起的剎那，她也是想著賴田樂以及回憶裡美好溫暖的爸爸和媽媽，已經不知道如何反抗奮鬥的她放棄了，連同α的身分。

從那之後，她再也無法與Ω獨處一室。

她的哥哥後來卻跟她說，他其實是Ω。

丁恬渝無法形容當下的心情，不過她全部忍住了，因為她的公主已經遇到他的王子殿下，她沒有資格，也沒有辦法在賴田樂面前展露α的姿態。

夏德便是她憧憬嚮往的一切縮影。

他們的婚禮辦在一個半開放式的教堂。

丁恬渝不確定自己有沒有收拾好心情，但日子到了還是要面對，放眼望去，參與的人不多，不如說夏德根本沒有邀請任何人，他那邊似乎只有他的父母和一位老管家前來參與，即便到了現在，丁恬渝依然不喜歡夏德，她總覺得他對這裡的唯一牽掛只有賴田樂，好像沒有賴田樂，這人就不會有所留戀，那些勉強施捨給其他人的情感會全部收回去。

這樣的人很危險，他只是遊走在邊緣，試圖偽裝成正常人，而那樣的偽裝確實騙到了賴田樂，同樣是α，丁恬渝覺得自己好像能夠明白，但無可否認的是她很感謝他，夏德什麼都幫他們一一解決了，甚至給予她想要的自由，那些欺騙爸爸和媽媽的人罪該萬死，丁恬渝認為那些人是真的已經不在人世，夏德大概神不知鬼不覺地默默處理掉了。

因為他們是造成賴田樂哭泣的元凶。

他就是這樣的人。

所以膽小的她、明明是α卻沒有能力的她……只能站在這裡。

丁恬渝的淚水從賴光悅牽著賴田樂進來的瞬間失守，賴田樂穿著與夏德同款的西裝，很好看，她永遠不會忘記這一天，真正失戀的這一天。

她曾經詢問過賴田樂的理想型，可以的話，她想要成為那樣的人，但她根本做不到，只會逃避現實的難關，逃著逃著，她就失去資格，懦弱地將賴田樂的理想型寫在書中，可笑地祈求著這樣的人能夠出現替她拯救並守護哥哥。然後，就真的出現這麼一個人，將賴田樂以及他們救了出來，而她只是里斯，剛開始就出局的角色，也許她總有一天也會在賴田樂的生命中出局，曾經無助的她這麼想過，但她再也不想讓賴田樂哭泣了。

原本該止住淚水的，可當賴光悅鬆開賴田樂的時候，他也哭得唏哩嘩啦，反倒換賴田樂在安慰他，她的哥哥眼角泛淚，感覺快要撐不住，他們究竟蹉跎了多少歲月才來到能夠無憂無慮聚在一起的這一刻呢？

丁恬渝不曉得，只是一天過一天，還好夏德好好地接住哭泣的哥哥，他們看起來很相配，她似乎聞到一股甜的草莓牛奶味，那是暖暖的信息素，佔有慾強烈的α立即以強烈的威士忌香氣擄獲壓制，賴田樂卻笑了，靠在夏德的肩膀上，兩人一起手牽著手聆聽神父的誓詞。

他們擁吻在一起。

看起來非常非常幸福。

而丁恬渝的淚水依然止不住。

夏德抱著賴田樂，他燦爛地笑著舉高手要丟捧花，那燦爛美好的畫面讓丁恬渝淚流滿面，他是她一輩子感到驕傲的哥哥……她深愛的哥哥啊，請務必、務必要永遠幸福快樂。

她也應該要向前走了，結束她的初戀。

所以她接住捧花，向著賴田樂露出笑容。

◆

「妳就是樂樂的妹妹嗎？」

等送走了馬上前往機場要去度蜜月的夏德和賴田樂後，本來想去找爸爸幫忙善後的丁恬渝一愣，沒想到這位美麗性感的姐姐會與她搭話，她記得這人是哥哥的朋友，好像在某個聚會上也看過她，生性害羞的丁恬渝抱緊捧花點了點頭，對方馬上展開好看的笑容解釋說：「我是樂樂工作地點的常客，常聽他說妳的事情，所以忍不住叫住妳了……

抱歉我還沒自我介紹，我叫吳雪雯。」

「啊原來如此……我認得您的。」丁恬渝不敢直視她的眼睛，強烈的α氣息讓她有點無法招架，就連握手問好也是戰戰兢兢的，「我、我叫丁恬渝。」

「妳是α？」

「是、是的。」

「嗯，跟我想的不太一樣呢。」

「什麼？」

「《皇女的後宮攻略》……」吳雪雯挑眉，從小背包裡面翻出了筆和紙，以閃閃發亮的眼眸說道：「能幫我簽名嗎，作者大人？」

「咦？」丁恬渝眨了眨眼，躲在捧花後面忍不住更大聲地發出疑問：「耶——？」

雖然下定了決心，丁恬渝也認為自己再也不會有喜歡的人，但有時候決心也無法阻止新的緣分到來，而那又會變成什麼關係？知心好友？第一個α朋友？又或者……誰也不曉得，一點一點、一步一步，總有一天——

「樂樂是我很珍惜的朋友，以前他幫了我一個很大的忙……不過妳也知道，他老公並不是個好東西，所以這陣子完全沒有和樂樂碰面的機會，其實我一直以來都想從樂樂那邊問一些關於妳的事情，但樂樂有點太保護妳了，都只說一些妳有多可愛、多棒的小事。」吳雪雯說到這裡忍不住笑，她緩緩壓下丁恬渝擋在面前的花束，盯著她說道：「我一直想見的人是妳。」

本來應該一步一步。

但對方直接奔向了她，該怎麼辦？

「不過我等等就要離開了，能給我妳的聯絡資訊嗎？」

丁恬渝一驚，不知道為什麼就接下了吳雪雯遞來的手機：「是……」

「那麼，未來還請多多指教了，期待妳下一部新作。」

吳雪雯微微一笑，重新戴上墨鏡，與丁恬渝道別後便瀟灑離去，丁恬渝愣在原地，完全不知道該怎麼辦。

她剛剛是交到人生第一個朋友了嗎？

「爸！我交到、交到朋友了！」

「欸？恭喜？」

「嗯！」

總而言之。

距離賴光悅為自己的子女又和優性α好上這件事感到頭痛大概還有很長、很長一段時間就是了。

Fin.

番外二

# 不可思議的謝禮

夏德已經忙一整天了。

文件與資料報告擺滿整個桌上，視訊會議也維持好一段時間，這個會議結束後換下一個，這段期間待在同個房間的賴田樂睡了午覺、吃了點心，偶爾注意夏德的茶點需不需要添補，然後現在正躺在沙發上滑手機，看到新訊息便坐起來回覆。

「誰？」

有時候賴田樂會覺得夏德是不是有第三隻眼，明明視線都沒有飄過來卻還是能清楚知道他都在做什麼，賴田樂對此也見怪不怪，先是以氣音詢問：「會議結束了？」

「嗯。」夏德闔起筆電，靠上椅背看了眼時間說：「今天就這樣，還有，我們明天可以去試試西裝，剛剛打電話來說提前做好了。」

「喔喔這麼快嗎？」賴田樂一想到夏德試穿的樣子，忍不住笑說：「我老公一定是最帥的新郎。」

夏德輕笑，來到賴田樂的旁邊坐下，疲倦地傾向他，賴田樂撫著他的臉頰說：「會不會太忙？其實我們也不一定要度蜜月，所以你也不用把工作都提前——」

「不要。」夏德貼著賴田樂的掌心蹭了蹭，「和你的婚禮、蜜月缺一不可，那是我的夢想。」

哈什麼啦哪來的帥氣撒嬌怪這麼可愛！這位猛α的夢想也太少女了吧好可愛！

賴田樂摀著心吶喊兩連發，他立即給他的撒嬌怪一個鼓勵的親親，又問：「那有沒有我能幫忙的？既然是你的夢想，當然要達成！」

「像現在這樣陪著我就好了。」夏德輕點著賴田樂的手機，「所以，讓你手機一直震動的人是誰？」

「……雪雯姐。」賴田樂終究還是將那個夏德不喜歡的名字說出來，看到男人眉頭皺起馬上解釋：「不是你想的那樣啦！我有發送喜帖給她嘛，因為說好了要給她參加我們的婚禮，而且老實說我能邀請的朋友也沒幾個……不過我最近覺得，雪雯姐好像另有目的，那就是！我妹妹！」

「是這樣嗎？」

「雪雯姐的態度其實都挺曖昧不明的，不是說輕浮的那種，而是……對什麼事都不太在乎？有一點像是比較好相處但還是有點高冷的你，仔細想一想，這樣的她，好像很常詢問恬渝的事情耶？」

「她確實除了你和你妹妹之外的人都沒有興趣，一開始對你有好感，但知道你妹妹是《皇女的後宮攻略》作者後就不一樣了，她似乎一直是你妹妹的忠實讀者。」

「什麼？」賴田樂猛地望向夏德，「等等，你怎麼知道？」
「我後來有再調查吳雪雯。」
「不是，我是說作者……」
「就算是用筆名也查得出來。」
賴田樂頓時欲言又止，他知道夏德不用查也曉得《皇女的後宮攻略》的作者是誰，可是他不確定自己要不要將這件事說出來，夏德見他面露糾結，接著問：「你不放心嗎？我認為她們能夠成為朋友。」
「我……我不知道。」賴田樂先放下自己的事情，回答夏德道：「不知道雪雯姐怎麼想，所以才想先在訊息裡問清楚。」
「沒什麼好擔心的，你妹妹並沒有你想像中的那麼脆弱。」
「唉呦你不懂啦，恬渝不管長多大都還是我的寶貝妹妹——」
「也是，畢竟珞茵娜那時候也只有你在瞎操心。」
「什麼瞎操心！我是——」賴田樂一頓，愣愣地對上夏德的目光，「啊。」
夏德側著身子歪頭凝視著賴田樂，顯得有些漫不經心，然而他抓住賴田樂的力道逐漸加深，他像是在隱忍，又像是覺得委屈，聲音彷彿是擠出來的：「……什麼時候？」

賴田樂立馬慌了，靠過去語無倫次地道：「我、我跟你解釋！你不要生氣，我也不是說想要隱瞞……這我自己說出來都覺得有點不可思議……」

「比你穿越過去和我相遇還要不可思議嗎？」夏德舉得例子很有說服力，他捏緊賴田樂的手，說：「你知道的，田樂，不論你說什麼，我都會相信你。」

反過來被安慰了。

賴田樂心虛地垂下視線，開始娓娓道來：「我們在別墅的那個時候……我做了一個夢，醒來後本來還有點模糊，那時候是真的不記得了！但後來那些記憶變得越來越清晰，我也很猶豫要不要跟你說，我想……不管我有沒有想起來，我們的關係都不會變。」

「是，你想要看的風景、想要累積的回憶，我會再一次帶你去看，我只是怕……」夏德連提到都嫌煩，皺著眉道：「世界管理局會有意見。」

「你擔心的事情不會發生……！」賴田樂極力解釋，想將夏德的不安全部掃去，「雖然我記得我是拒絕了，但是女武神說這是給我的謝禮。」

「什麼？」

「這就真的很不可思議了，對吧？我原本夢到的是我以里斯的模樣死後，你寫遺書的那個場景……之後突然出現一個自稱為女武神的人，不是烏諾斯！也不是丹蘿！我想那是她想給我看的畫面，想讓我知道你和我一起過得很好，她還向我道謝，說謝謝我拯救了她的孩子，還用她的力量抵銷代價什麼的……我也不是很懂，總之說是那些人不會因為這個來找我們。」

夏德思考著那可能性，「最近確實沒有感覺到丹蘿的監視。」

「哇你連那個也能察覺到？」賴田樂再三感嘆，或許不可思議的是夏德本人，「她算是那個，神吧？」

「我的警覺性比一般人還要再高一點，而且我無法忍受有不明因素靠近你。」夏德冷靜地說出自己的觀察：「大概每隔一段時間，她會來確認或者……但自從那一晚過後就再也沒有出現了。」

「等等，哪一晚？」

「也是我們在別墅過夜的那一天，她因為對我們有些疑問所以現身了。」

「什麼疑問？」

這次沉默的人是夏德，賴田樂馬上意會到男人也有所隱瞞，他看見夏德撇過頭，賴田樂便挪動著身體坐到夏德的腿上，並兩手將他的頭扳回來，強迫兩人對視，賴田樂威脅道：「你不說我們蜜月旅行就分房睡。」

「……不行。」

「那你要不要說？再不說我看我們各自玩各自的怎麼樣？」

夏德完敗。

那明明是他遇過最不痛不癢的威脅，夏德卻覺得自己大概這一輩子都只能向賴田樂妥協，畢竟那太狠了，不是嗎？他嘆息著，接下來什麼都說了，包括他重生的次數以及原因，於是現在賴田樂一直抱著夏德沒有說話，夏德撫著他的背，不想說的原因有很多，這就是其中一個——他並不想讓賴田樂感到愧疚，因為那都是他的選擇。

「田樂。」夏德試著呼喚他，想拉開他的臂膀，賴田樂卻死死抱著他沒有回應，他只好繼續說出自己的猜測：「你說的女武神可能是我的母親，不是現在的，而是……安絲娜。」

賴田樂馬上有了反應：「你說什麼？」

「這只是我的直覺猜測。」

「你的直覺哪一次有錯？」賴田樂繼續嘟噥著：「也就是說，其實應該有真正的神？只是世界管理局以神的名義在欺瞞——唔。」

賴田樂倏地被夏德扯開並遮上了嘴，夏德道：「田樂，那已經不關我們的事了。」

「……嗯，也是，你說得是。」賴田樂點點頭，他睜著無辜的眼睛拉下夏德的手，突然說：「那，來做吧，夏德！都過去了，不論是你的選擇還是我的選擇都造就了現在的我們……所以，盡情享受吧，每一分每一秒！」

夏德微微揚起嘴角，親上賴田樂嘟起來的嘴應：「好。」

信息素散開來了，賴田樂已經能夠熟練地掌握自己的信息素，他勾引著他的α，心滿意足地聞著α的氣息，呼吸很快變得凌亂，他的褲子被扯下，屁股也被男人的手指插著擴張，賴田樂不甘示弱地一直啄吻夏德的脖頸和下顎，充滿著請求、急切的意味，夏德卻在這時停下來，按著賴田樂的後頸沉聲說：「我想看你自己來。」

Ω已經情動，恨不得那東西趕緊進來把他弄得亂七八糟，賴田樂將夏德壓在靠背上，臉上已經染上情慾的潮紅，他以不服氣的眼神與男人對視，手裡熟練地解開他的褲頭掏出那勃起的昂揚，輕輕撫弄著道：「你說的喔，那在我說好以前不可以動。」

夏德挑眉，忍不住說：「……別讓我太著急。」

「我努力看看？」

賴田樂褪去自己的上衣，以胸膛貼近夏德，他的髮絲稍帶凌亂，扯著笑的模樣看起來更加性感，他握著男人的性器在自己濕滑的穴口處磨，想試著慢慢坐上去，夏德欣賞著眼前的美景，完全沒有要幫忙的意思，只是袒露著粗壯的陰莖任由賴田樂，他努力吞進前端了，光是如此他的大腿就瘋狂顫抖，賴田樂脆弱又淫蕩的樣子刺激著夏德，夏德一動也不動的指尖跟著一顫。

喜歡。

想弄壞。

幹得他哭泣求饒又喊著喜歡撒嬌，而且只要他想，賴田樂全都會滿足他，可真好……

夏德心想，所以為什麼要想起來呢？那些不可思議的奇蹟總是一次一次在賴田樂身上發生，曾經女武神沒有實現他的心願，賴田樂卻實現了，然而現在女武神終於現身，實現的是他未曾想過的事情，那是多此一舉嗎？夏德也不清楚，不知道是想起來比較好，還是沒有比較好，對他來說，只要是賴田樂都好。

夏德真正驚訝的是女武神的真實身分，存在於更遙遠記憶中的那個人，溫暖的、親切的……曾經他確實想過，無關準則、無關烏諾斯，害死母親的人就是自己，害亞勃克變得如此的也是他，只因為他想要在那飢餓寒冷的冬天活下來，賴田樂說過那並不是他的錯，是，夏德也不認為他有錯，想要活下去是錯的嗎？然而那種小小的疙瘩也一直一直存在著，即使他已經很久沒有做惡夢了，他仍然不禁會想，母親是否也會和那些他曾經殺過的人一樣怨恨他？

他知道母親不可能會那麼想，可是已逝之人又怎麼會給他答案？

明明是很久很久以前的事情，現在也根本無須在意，但是知道答案的時候，為什麼心裡還是鬆了一口氣？他甚至覺得感激——她向賴田樂道謝，是否代表著她希望他過得幸福快樂？她從來沒有怨恨過他，如同列瑞信中上寫的，他是值得他們驕傲的孩子嗎？

他永遠是個孩子。

因為沒有人教他成長，他只是被迫成長，夏德其實一點也不喜歡小時候的自己，他總希望時間能過得快一點、盡快成為那個強大的夏德，可是為了賴田樂，重來好幾次好像也沒有關係。

夏德不曾和自己的父親或母親撒過嬌，就算是現在認養他的父母，他們真的對他很好，無條件支持他，因此他更不能為所欲為，又一次強迫自己趕快長大，夏德始終不曉得自己從何而來，為什麼他會有心想事成的能力？這些他永遠都找不到答案，但是起碼現在那個小疙瘩可以消除了。

真的不在乎了……那些記憶卻在知道賴田樂想起來的剎那浮現出來，了無遺憾是真的，過得很幸福也是真的，夏德卻不曉得如何形容現在的心情，他只是想起他的家人，以前的父母、現在的父母……啊、原來啊，其實沒那麼糟的，他的腦中浮現賴田樂說過的話——雖然有些人是超級混蛋，但也有遇到很多很多溫暖的人，說的就是這個嗎？

漸漸明朗了。

夏德想起出現在他生命中那些溫暖的人，其實有很多很多，他以為賴田樂帶他走出黑暗就是他的全部，只有賴田樂走過的路是明亮的，可是不知不覺他的世界裡越來越亮也越來越多人。

賴田樂牽著他迎向他們。

不論是世界管理局、烏諾斯、丹蘿還是女武神，夏德從未認為那就是神的存在，是真是假他並不在意，但此時此刻他想要感謝他的神。

——神啊。

——祢向我展露的世界真的、真的十分美麗。

夏德看著眼前的賴田樂喟嘆，所以啊，為什麼要想起來呢？為什麼要讓他更加堅信奇蹟？這豈不是會讓他更加偏執瘋狂了嗎？

他有預感，等到很久很久以後，就像賴田樂要回到這裡，死後他應該也會要回到他本該待的地方，到那個時候，世界管理局的人會再次找上他，那麼，他不管怎樣都要拉著賴田樂一起……未來或許還有一段未知的旅途等著他們，因此在那一天到來之前，盡情享受吧。

站在明亮處的人，無所畏懼地走火入魔。

反正他現在已經在瀆神了。

「田樂。」

「再加把勁，嗯？」

夏德幫忙賴田樂將髮絲撩到耳後，他混亂掉淚的樣子一覽無遺，似乎是在以那雙漂亮的眼睛罵人，賴田樂思考著要不要乾脆坐下去，但那被撐頂的感覺好像再刺激一會就會射出來，只好選擇繼續慢慢來，他的手軟綿綿地按壓著夏德的肩膀，啜泣應：「你、啊！在努、努力了……唔嗯。」

「但是還沒有全部進去。」

「你也不想想你有多大！」

「抱歉。」

「你說著抱歉但是——啊！」

夏德掐著他的腰將他按下去了。

賴田樂簡直不敢相信，裡面的東西直搗腔口，因為劇烈的摩擦和頂弄而瞬間竄上來的極致快感讓賴田樂只來得及嚶嚀反應，後穴吞到根部，淫液似乎濺了出來，他不知道自己發生什麼事情，抖著腿不知所措地敲打著夏德，夏德不痛不養，緩和著氣息，語氣卻顯得急切：「我要動了。」

「等、等等！」賴田樂使出最後的力氣將夏德強壓回去，他以無辜可憐的眼神瞅向男人，屁股微微地晃，甚至往後傾張開雙腿說：「說好了我、我來……你要看好。」

他的腳撐在沙發上使力，雙手也是壓在夏德的膝蓋上撐，賴田樂一邊搖一邊哼，他明明撐不太起來，但那微微的晃動、朦朧的眼神、享受的表情以及偏向一邊的腦袋都讓他在這場性愛中顯得慵懶沉醉，他在誘惑他、討好他，因為他說想看他自己來，賴田樂便開著雙腿展示著他們結合的地方，穴口吐出一點又吃進去，就這不算抽插的磨蹭也讓夏德興起了射精的慾望。

耍騷的小可愛。

摸著自己的肚皮，散發著甜甜的信息素，嘴裡細細低吟，掀起眼皮沖著他笑問：「喜歡嗎？」

夏德頓時感到頭皮發麻，有種想跟著笑出來的衝動。

就像情緒失控的興奮瘋子。

「何止喜歡。」

「啊、唔……咦？」

賴田樂渾身發顫，突然大口呼吸，強烈的α氣息猛然大量灌上來，再這樣下去感覺會被迫發情，但賴田樂控制不住，信息素好猛好棒、裡面也摩擦得好舒服、插得好滿好撐，而且夏德也說著喜歡……賴田樂忍不住放軟心態靠過去伸手討抱抱，夏德立即摟住他親吻，並且重新壓著他的臀挺聳腰胯頂上去，再抬起來將硬挺的陰莖狠幹回去，到最後夏德放倒賴田樂，壓折著他的腿肏。

賴田樂的身體被男人壯碩的體態折了大半，連腿也被壓著無法動彈，他被高速的頻率猛幹著，淫液濺濕沙發套，巨大的性器將他撐滿抽出再深插，暈頭轉向的賴田樂抱緊了夏德，喘不過氣似地啜泣著，感覺快要高潮了，夏德竟然在此刻硬生生地停下來，賴田樂滿臉困惑，只見夏德撩開掉落下來的髮絲，一動也不動地盯著他看，也不知道有什麼意圖。

賴田樂急了，以雙腿勾住夏德的腰胯，自己抓著沙發抬高屁股晃起來，夏德的眉毛一抽，壓住賴田樂擰著他的乳頭說：「我怕你被我壓壞，所以讓你休息一會，畢竟我又有點控制不住，你現在也不是發情期……結果你忍受不了想自己淫蕩地插，是嗎，田樂？」

「啊、不要……我以為、嗚……你又欺負我、所以——哈啊！」

「有時候，我會害怕太愛你的自己。」

「說、說什麼傻話……我那麼那麼愛你。」賴田樂單手攬住夏德的脖子，埋在他的頸邊哽咽地道：「我要心疼死了，搞什麼重生……」

夏德一頓，輕描淡寫地應：「那都過去了。」

「我知道！我就、疼嘛……！」

「不疼。」

「疼！」

「那你晃晃屁股，會舒服的。」

「呀！」賴田樂惡狠狠地咬了夏德的肩膀一口，悶悶地應：「不管啦你這個傻瓜……」

「你不也是？」夏德輕聲反問，「為了我再來一次。」

「那哪有一樣。」

「一樣的。」

賴田樂深知自己應該說不過夏德，於是放棄爭論，撒嬌地蹭了蹭說：「不分房睡了……我要每一分每一秒都黏著你。」

「這是我想說的。」

賴田樂偷偷地往上看，說：「夏德是黏人怪。」

夏德則親了親他，應：「你則是撒嬌怪。」

兩人隨即都笑了，他們慢慢親吻著彼此，卡在穴裡的陰莖從慢磨到凶狠蹂躪也只不過是一下子的事情，賴田樂的視線正在搖晃，那裡有著夏德，他心愛的人、想疼愛的人，天曉得賴田樂得知夏德重生那麼多次後是什麼心情，說不需要想起以前的記憶也只是他在耍帥，這是他的夏德，他的、他的……那些點點滴滴如此重要，他才不想要忘記，曾經那個渴望的理想型真的來拯救他了欸，這叫他怎麼不喜歡？

真的很喜歡很喜歡。

這是他最喜歡最愛的夏德，所以夏德也以同樣的分量愛他吧，有什麼關係，就這樣執著彼此……兩人最終一起洩了出來，抱在一起緩和許久，賴田樂摸摸夏德的腰，捏捏他的臂膀，撫到胸膛的時候便被抓住，夏德問：「不想吃晚餐了？」

「就摸摸嘛。」賴田樂懶洋洋地癱著，牽起夏德的手道：「是說你不能看《皇女的後宮攻略》喔，雖然不知道是不是因為你來的關係，劇情裡的名字改變了，但那還是……總之看到和珞茵娜親密的劇情就不開心。」

夏德抱著賴田樂翻身，讓他躺在自己的身上休息，他撫著那黑色的腦袋撇清：「那不是我了。」

「……也是。」賴田樂想了想覺得很有道理，他抬起頭燦爛地笑應：「現在是屬於我的夏德。」

「別笑得那麼可愛，結婚。」

「已經結了啦！」

「當時我是真的、想和你一起舉辦婚禮，向全國的人炫耀，還記得珞茵娜的婚禮嗎？非常的莊重美麗……我也想將那畫面獻給你。」夏德摩娑著賴田樂微微發紅的眼角，「你說，看起來很夢幻、很幸福，真好。」

所以，想要舉辦婚禮，是因為他說過那些話嗎？

「夏德。」

「嗯？」

「我真的、真的很愛你……」

他也向賴田樂說過這樣的話，夏德捏住賴田樂的臉頰，隨意蹂躪，強迫他把眼淚吸回去，賴田樂被搞得也笑出來，煩欸，難道他就不能這樣告白嗎？賴田樂表示抗議，夏德輕笑，以溫柔的低嗓霸道回應：「不行。」

「因為我會更愛更愛你。」

他說。

噹！

祝福的鐘聲響起，他們今後依然攜手相伴，不論生老病死，貧窮疾病，他們都會對彼此不離不棄，互相扶持，一直守護、愛護對方。

直到永遠。

——在即將離去的女武神、安絲娜以及亞勃克之子、烈瑞的見證之下。

Fin.

## 番外三

# 美夢成真

「你是不是易感期快來了？」

現在是他們的電影時間，夏德看了眼忽然抬頭這麼問他的賴田樂，他先遞給他一杯熱茶，準備好零食和毯子並關好燈後坐在他的旁邊回應：「一般來說，我沒有易感期。」

「耶？對欸。」賴田樂仔細回憶著，「你好像從來沒有……」

夏德自然地將賴田樂摟進懷裡，一邊選片一邊問：「極優性α的易感期，你怎麼想？」

「呃、聽起來很不妙？」

「嗯，所以我一直都有在吃藥控制，跟信息素失調症無關，這是極優性都必須做的事情。」

「喔……感覺會很不好受，等等，我怎麼沒看過你吃藥？」

「一個禮拜吃一次就好，藥我放在公司，但我想依照我的程度，易感期的時候我大概會失去理智，你會很危險。」

「到哪種程度？」

「要我具體說出來嗎？」

在好奇心的驅使下，賴田樂挑眉應：「說說看？」

夏德吃下賴田樂餵到嘴邊的零食，像是在思考停止手邊的動作，斟酌著道：「可能會把你銬住關起來。」

「這還好。」賴田樂不以為意，「我們又不是沒玩過。」

「希望你只依附於我。」

「我認為這已經是進行式了。」

「幫你洗澡、穿衣服、剪指甲都是基本，上廁所也想幫你。」

「欸？」這就不在賴田樂猜的範圍內了，他試探性地問：「……怎麼幫？」

夏德湊近賴田樂的耳側，壓低嗓音道：「幫你扶，看你尿出來，再稱讚你。」

「……這就有點變態。」賴田樂忍不住一抖，摀著耳朵繼續問：「然後呢？還有嗎？」

「想跪在你面前舔你的腳。」

「哇，你有這種興趣？」賴田樂顯得有些震驚，不過想一想後覺得有點刺激便馬上妥協：「也不是不可以啦。」

「想喝你的精液。」

「……說得好像你沒吞過。」

「相反的也想做。」

「你是指我舔你嗎？我做得到啊，聽起來好像都還好嘛？平常都……」賴田樂比劃著，眼睛也飄到夏德的下半身，「這樣那樣了。」

夏德無奈地擋去賴田樂放肆的視線，他其實不想說太多，就怕賴田樂什麼都可以，對此他只能說：「總之不太一樣。」

賴田樂拉下夏德的手，湊近追問：「哪裡不一樣？」

「我控制得住，田樂。」夏德意外認真地道，「你不用擔心，如果真的有問題我會跟你說。」

賴田樂抿嘴盯著男人許久，見他誠懇又認真的模樣只好先放過他，很明顯他不想繼續說下去，賴田樂其實也不是很確定，夏德的味道大概是在這一兩天才有點變化，至於哪種變化他也說不出個所以然。

「好吧，也有可能是我搞錯了，畢竟我恢復成Ω也沒有說很久，對信息素還不是很熟悉。」

「嗯，那今天看這部？」

「好啊！」

夏德瞥了眼賴田樂，那微妙的焦躁感不知道從哪裡蔓延開來，但他知道自己是怎麼回事，賴田樂是對的，只是他一點也不想要向賴田樂展現他的易感期，從來沒有經歷易感期的他不確定自己會有什麼變化，因為有了賴田樂才有的易感期可能會讓他更加瘋狂並且毫無底線，而賴田樂會無條件地接納，他知道、他知道……但如果是無法掌握的事情，他不想放任這樣的自己靠近賴田樂，起碼要先確認易感期對他的影響。

也許這幾天他會選擇到公司用工作埋沒自己，等到穩定下來再向賴田樂交代，沒什麼的，他已經擁有賴田樂，都標記了、結婚了……那是他的Ω、他的賴田樂，也同樣愛他、需要他的賴田樂，所以，沒關係，他想他忍得住。

於是夏德靜靜地按下了播放鍵。

兩天後。

獨自一人在房間的賴田樂醒來後有一個重大的發現。

他被銬起來了。

曾經見過幾次的黑色腳鍊出現在他的腳踝上，一動就能發出啷噹聲，賴田樂不確定那鐵鏈能延伸到多長，或許長度只夠他走到房間門口，明明夏德因為工作的關係兩天沒有回家，那現在是怎麼回事？

總之賴田樂先是躺回去，很快就接受了此刻的發展。

所以說嘛。

為什麼要說謊呢？

張揚的α氣息充斥整個房間，賴田樂是因為燥熱才醒的，夏德確實進入了易感期，只是現在不知道人跑去哪裡，不過才剛這麼想，當事人便從門口出現了。

「醒來了？」

「夏德……？」

「嗯。」

夏德一進來就是將他抱起來帶進浴室放在檯面上，他準備好溫熱的毛巾替賴田樂擦臉，刷牙也是由他主導，賴田樂乖乖地張著嘴巴，不知道為什麼所有想說的話在看到夏德的剎那全都吞了回去，夏德也沒有任何解釋，明明眼前的人依然是他熟悉的夏德，賴田樂卻覺得有點不對，完全不敢反抗他。

一切梳洗好後，夏德捧著他的臉親吻他的額頭，彷彿易感期的α是特別寡言的溫柔紳士，接著再次抱賴田樂下來，他們來到馬桶前，男人從背後環抱住賴田樂，倏地拉下他的睡褲，幫忙扶起性器，低聲說：「來。」

賴田樂怔了幾秒，臉部的溫度迅速上升，然而在掙扎抗議的前一秒，夏德按著他，動也不動地貼著他的耳後又道：「聽話。」

他的語氣淡淡的，與平時沒什麼變化，賴田樂卻對背後的男人感到毛骨悚然，捏著他的手勁也有些發疼，他忽然意識到是哪裡不一樣了，夏德正以α的氣息壓他、命令他，試圖讓不乖的Ω臣服聽話，以前總是帶著哄騙、寵溺的意味灌暈他，好讓他能沉溺接受，所以不管夏德如何強勢賴田樂都覺得沒事，然而現在他有點害怕。

「夏、夏德……」

「不能撒嬌。」

夏德握著他的陰莖，以一種色情的手法揉捏，賴田樂在深愛的男人懷裡很快硬了，他躺在夏德的肩膀淚眼婆娑地哀求，只見夏德半垂著眼簾不發一語地盯著他看，α的暴躁、沉重、陰鬱全都傳給了賴田樂，然而在那些控制不住的陰暗之情中，那微妙的滿足才是讓人覺得驚悚的。

易感期的極優性α正在享受，那被他鉗住的Ω流露出來的害怕、不安……也都是他想要的，α光是得到Ω的愛還不夠，他要更多更多，而無助的賴田樂只能在男人的手裡洩出，精液以及尿液都躲不過，稀哩稀哩的水聲讓賴田樂羞恥地哭了出來，最後夏德還幫他擦拭乾淨，賴田樂吸著鼻子看他，夏德的神情終於有了變化。

他在笑。

一樣其實看不太出來，但那淺淺的弧度可躲不過賴田樂的眼睛，變態的偏執嚐到了一點甜頭，偏偏今天夏德穿得衣冠楚楚，乾淨的襯衫、筆挺的西裝褲，顯然昨天還在工作，現在倒是變成了衣冠禽獸，不知道是不是因為忍受不了易感期而趕了回來？賴田樂不清楚，只知道一件事情。

——易感期的夏德也太辣了吧。

雖然有點變態有點可怕但還是喜歡，賴田樂放寬心想，反正那就是夏德，都已經在他面前上廁所了，還有什麼能夠難倒他呢？賴田樂給自己做了心理建設，沒錯！現在的他無所畏懼！

下一秒賴田樂無辜地瞅向幫他換衣服的夏德問：「褲子呢？」

「沒必要。」

好的這代表不穿更好辦事對吧……！賴田樂覺得現在夏德做的恐怕都只是暴風雨前的寧靜，而他這種惴惴不安的心情更符合夏德心意，那他現在該怎麼辦？

等著。

然後也跟著享受吧。

賴田樂此時此刻便舒服地坐在男人的懷裡一口一口吃著他餵過來的食物，等享用完早餐，夏德意外地先幫他解開束縛在房間的腳銬，換了一個雙腳銬在一起的，顯然是不想給他自己行動的機會，賴田樂趁這個時候問：「夏德……果然是易感期吧？」

夏德捧著賴田樂的腳掌，彎下腰親吻，彷彿他是一個虔誠的信徒，然而他很快從親吻變到啃咬，小腿肚、膝蓋、大腿內側，賴田樂順從地倒在床上，他的腿被壓著，連接臀部的大腿根部也被舔咬出許多痕跡，夏德並沒有給他內褲，因此現在大概一覽無遺，賴田樂心死地感受著為此蠢蠢欲動的小兄弟，原本以為夏德會繼續下去，沒想到這時卻出現在他的眼前回答他的問題：「我低估了易感期給我的影響，回過神來我就在回來的路上，再回過神已經把你銬了起來，給我兩天，田樂，我……」

賴田樂眨眨眼，隨即伸手摟抱住夏德的脖子親他一口，連話都還沒聽完就馬上笑著回覆：「好。」

夏德凝望著賴田樂，甜甜的信息素全部砸向他，是的，他總是對他說好、可以、沒問題，寬容他的貪婪以及慾望，那麼，他就不客氣地盡情享受掠奪了。

其實他知道賴田樂會這麼回答，只是想聽賴田樂親口對他說。

因為那讓他心情好。

夏德攬住賴田樂抱起來帶去更衣間，那裡有一大片全身鏡，賴田樂這才發現自己的穿著真的不是普通的糟糕，僅僅一件襯衫和一個腳銬，站在夏德身邊更顯得兩人天差地遠，這時夏德拿了幾件衣服在他身上比擬，說：「我想給你換幾件衣服。」

「好……？」

接下來賴田樂換了快十套的衣服，現在也沒有要停下來的跡象，夏德彷彿樂此不疲，繼續為他配衣穿換，腳銬也為了方便更衣解開了，這次換的是夏德給他訂製的新西裝，總共有五套，各自不同的顏色，賴田樂先套上黑色襯底，夏德一邊幫忙扣上固定夾帶一邊說：「這些都很適合你，但你總是說不需要那麼多。」

夏德繞到賴田樂的後方幫他整理領子，接著捏住他的臉頰又道：「看著，不要移開視線。」

賴田樂從來不知道襯衫的固定帶是那麼色情的東西，黑色的束帶勒緊他的大腿，這其實還好，讓賴田樂氣的是夏德這狗東西即使在這種條件下也沒有給他內褲穿，在固定夾子的時候總是有意無意地蹭過他的性器，甚至還穿過他的胯下確認後面的下擺有沒有弄好，他又不是性無能怎麼可能沒有感覺，然後現在夏德的意思便是讓他看自己勃起的樣子，同時還解開他胸前的衣釦探進去揉捏。

鏡子上倒映的即是他閃避的樣子，夏德對他做什麼賴田樂確實都能接受，男人的舉止、反應、眼神或者表情他都樂於發掘欣賞，賴田樂很喜歡，不過這並不代表他沒有羞恥心，有的，只是通常轉念一想，看看夏德就能妥協接受，這一次卻是自己，那個被玩弄胸部就渾身發抖的自己，勃起的陰莖還挺立在衣服下襬處，那難堪的姿態他大概需要一段時間才能直視。

「田樂。」

但夏德怎麼會就這樣放過他呢。

賴田樂又不是什麼自戀狂，他反而覺得這比夏德幫忙他上廁所還要羞恥，那可以眼不見為淨，閉上眼就能結束，可是這個不是，賴田樂在α的催促命令之下最終還是面對了鏡子，他看見自己滿臉通紅，雙眼聚積著淚水，被扯開的襯衫只露出他的胸部，男人的大掌慢慢地挑逗著他的乳尖，指尖在轉動摳弄，他的手法賴田樂看得一清二楚，夏德也透過鏡子在看他的反應，感覺更加色情，賴田樂往前看或是低頭都能看見自己紅腫翹起的乳頭以及挺立發顫的陰莖，極優性α的威壓也讓他的腦袋逐漸混沌，無法辨別是非。

「想、想射……夏德……！」

「嗯。」

夏德早就騰出一隻手壓制住賴田樂讓他碰不著自己的性器，他只能雙腿併攏扭動掙扎，恍惚之間聽到皮帶解開的聲音，有什麼東西戳到他的屁股，隨即肉穴被肏開了，賴田樂呻吟驚呼，男人拉扯著他的胳膊挺進去深插，光是如此賴田樂便射在地板上，Ω的後穴早就因為α的易感期變得溼答答的，他茫然地喘息著，爾後被扯動著，賴田樂閉上眼，重新看向鏡子裡搖動的自己，他快站不住了，想乾脆放爛，夏德卻將他攬向自己，並且抬起他的右腿，確保他的重量都放在自己身上後再一股作氣地勾住他的膝窩扛起來，賴田樂嚇了一跳，不知所措地往後勾男人的脖頸，那爆發力和驚人的臂力都讓賴田樂感到困惑，特別是這個姿勢透過鏡子完全能看到夏德是如何插他的，而他又是如何吞入那粗壯的昂揚。

夏德往前一步踢走了褲子，賴田樂對於那隨意的動作竟然感到心動，粗俗的男人正在晃動著他，那光是根部就看起來很可觀的陰莖真的插在他的裡面，賴田樂甚至能夠看見陰囊的晃動，同樣粗壯的大腿還在往前走，越是靠近鏡子，賴田樂越是想放棄抵抗。

羞恥就羞恥吧。

那麼狂野、那麼霸道、那麼瘋狂的極優性α是他的老公，而且他還處於易感期的狀態，徹底放寬心吧，賴田樂，反正自己也是一個變態。

他看著交合的部位越看越興奮，夏德抱著他粗暴頂弄的姿態也很喜歡，賴田樂可以透過鏡子看得清清楚楚，鏡子裡的他看起來也很舒服，以失神的表情流著唾液和淚水享受著，原來平時的他會這樣嗎？一副想被夏德幹得一塌糊塗的樣子，那就不能怪夏德了，那是他自己想要的。

「夏德、唔……我是不是、很……哈嗯、淫蕩……？怎麼辦、我……嗯啊、喜歡……」

「喜歡你、好舒服……」

「感覺快、掉下去……好怕、你好兇，可是，沒關係……嗯、不能撒嬌嗎？想親、想親親唔……夏德、啊嗯！」

「夏德……？」

「啊你射了呀……」

精液一股一股地往腔口噴發，賴田樂還能感受到體內陰莖的抖動，已經沒辦法將注意力繼續放在鏡子上，是夏德呼喚他的時候他才回神，於是便看見自己的屁股流出精液的樣子，賴田樂還沒有緩和過來夏德就繼續下一輪，他將賴田樂放下來，完全沒力氣的賴田樂只能靠夏德的攙扶，他們一起緩緩地跪坐在地，夏德的下半身卡入頂開賴田樂的雙腿，他將他壓在鏡子上重新插入，賴田樂躲不了，腦子裡還是屁股流出精液的畫面，他靠著冰涼的鏡子哭哼：「你、你很壞……」

「我喜歡你迷戀我的樣子，田樂。」

夏德靠著賴田樂的肩膀說，腰胯仍一下一下地挺送，賴田樂無力地被顛動著，胸和性器意外地蹭起鏡子，有些發麻的乳尖接觸冰涼的鏡面，賴田樂不知道，他只是哭，然後被肏射，接著又被抓著繼續，他被男人的粗屌釘在鏡子上，肉臀被硬胯衝撞，龜頭反反覆摩擦到他舒服的點再撞上腔口，兩次的衝擊不斷加疊，賴田樂迷迷糊糊地對上鏡子，意外撞見夏德皺眉享受的樣子。

顯然夏德也很舒服，他無法克制腰胯的動作，緊吸著他的小穴裡混著他的精液和Ω的愛液，這是由他調教操開的，現在的賴田樂甚至沒有了他的陰莖就無法高潮，男人可以將他幹射，也可以折磨著他捏住他的性器讓他只能乾性高潮，那收縮的甬道彷彿在催促著他的精液，夏德射給他，賴田樂就會咬著唇抖動，下意識地扭動著屁股想要逃開，可是當他往上頂懲罰他，賴田樂又會乖乖地軟下來接受。

他就喜歡。

會慫、會怕但還是會接受他的賴田樂，嚷嚷著壞蛋卻還是轉頭向他討親親。

易感期只不過是放大了他的感受以及慾望，身為極優性α的他本來控制慾和占有慾都不容小覷，其實平時的他已經有在抑制了，想把賴田樂關起來圈養並不是在開玩笑，最好與所有人失聯，他甚至不喜歡賴田樂與他的妹妹親近，也知道賴田樂為他妥協了很多，而他本人根本不怎麼在意他的糾結，好像真的把他關起來也不會怎樣。

但夏德並不會那麼做。

他只是還在學，學怎麼去愛惜依然待在他身邊以及同樣愛著賴田樂的人們，例如他最近偶爾會發一些近況給自己的養父養母，這是賴田樂得知他很少主動發訊息給他們後的建議，關於這類的事情夏德不太清楚，總之先傳了幾張婚紗沙龍照問哪一張比較好？

趙彥：『都好。』

趙彥：『都買。』

趙彥：『你媽說乾脆把這位攝影師包下來吧，她也想拍。』

夏德：『好。』

夏德：『……』

夏德：『謝謝爸，也謝謝媽，對田樂很好……謝謝。』

……

當下夏德立即接到了趙彥打過來的電話，雖然兩人的對話有一點尷尬，但背景聲摻雜著各自伴侶的建議與提醒，總之算是一場溫馨的父子對話，結束後夏德默默地望向賴田樂，賴田樂笑著比讚，夏德也不禁失笑，不確定該如何形容自己的心情，大概是挺驕傲的。

這種感覺很不錯，夏德心想，或許是得知賴田樂想起以前的記憶後，某種心結解開了，在度過著美好幸福的兩人世界之餘，他想與其他人依然有所連結也很好，賴田樂曾經的心願都與他的家人有關，那麼他更不可能讓賴田樂的世界只有他。

他正在努力了。

所以易感期的時候就讓他盡情地發洩α的本能吧。

夏德在易感期的初期便改變了想法，什麼未知的影響、無法掌控的自己……那又怎樣，他要全部展現給賴田樂看，想必賴田樂連這樣的他也會溫柔對待，就像現在鏡子裡的那雙黑色眼眸溢出淚水，賴田樂的眼裡彷彿倒映著滿腔滿谷的愛意，他確實喜歡他這麼粗暴無禮。

此刻的賴田樂在又一次的高潮後眨了好幾次眼，努力撐著意識，他注意到夏德的目光，在混亂性事裡露出又軟又甜的笑容，他仰頭倒向男人，聲音沙啞：「壞、壞雞雞……」

看，他依然如此。

有時候那麼甜的賴田樂會讓夏德暫時遺忘這人是將他從可怕的絕望裡拯救出來的帥氣男人，是啊，賴田樂很帥氣。

「說著沒有易感期，現在卻擺腰成這樣，這就是經典的嘴上說不要，身體卻很誠實耶，夏德董事長……」

那張嘴倒也是始終如一。

後來那張嘴便吞吐著男人的陰莖，只能唔唔呻吟著，最終夏德攬著筋疲力盡的賴田樂離開更衣室，而靠在男人的胸膛上發愣的賴田樂忽然意識到一件事情。

——α的易感期這才剛開始。

啊。

嗯。

哈哈。

賴田樂已放棄思考。

到後面夏德控制著他的射精次數，比起被掏空的感覺，這種想射卻射不了的感受更痛苦，但積攢的慾望一次發洩出來更讓賴田樂快昏厥過去，事實上他確實昏了，比發情期時還要誇張，第一次醒來發現自己坐在夏德身上，夏德抱著他的雙腿將人抱在懷裡操，第二次醒來忽然伸手不見五指，陌生的冰涼柱體在他的穴裡震動抽插，雙手和雙腳也都被束縛著，第三次醒來貼在浴室的玻璃門上被抱著肏，賴田樂已經不知道自己噴出來的到底是精液還是尿液或者其他什麼東西……反正他和夏德都濕了，賴田樂也沒辦法摟住那頂壓過來的寬厚肩膀，突然間好像聽到了某人的道歉，他閉上眼睛，在高潮前顫抖地說：「……原諒、呃……你啦、我也……很爽、呼……」

他又昏過去了。

夏德抱著他喘息，跟著賴田樂閉上眼睛緩和呼吸，情緒也漸漸地平靜下來，終於結束了，還好他的易感期只持續了一天半，等到賴田樂再次醒來便發現他穿著乾淨的衣服躺在乾淨的床上，夏德也安穩地抱著他熟睡，於是他翻身縮進男人的懷裡，疲憊的他一會後又睡著了。

早晨的陽光只在窗簾的底部下探頭，一點點的亮光示意著新的一天，也許是易感期的α比想像中還要快達成心中的慾望，暫時滿足的他就不繼續折磨可憐體弱的Ω了，夏德清理好一切後和賴田樂一起休息，放鬆沉眠的他做了一個夢，連著過去、現在以及未來，夢裡有著他、賴田樂和——

幾個禮拜後。

本來還在享受蜜月的賴田樂在接到一通電話後突然安靜下來，見狀，夏德牽著他詢問：「怎麼了？」

「我前幾天不是因為不舒服去看醫生嗎？想說沒有很嚴重所以就隨便找一家了嘛，但現在醫、醫生打給我說……」賴田樂表情愣愣的，不自覺地摸著自己的肚子說：「我可能是懷孕了……」

夏德不由得也一怔，他猛地抱起賴田樂，頭一次支支吾吾地沒把話完整地說出來，他確實有那種預感，但真正遇到的時候感覺比想像中還要強烈。

「……現在回家，聯絡醫生做精密檢查。」

「等、等一下啦！要是搞錯的話……」

「那就讓他成真。」

夏德是在大街上將賴田樂抱起來的，在許多人的注視下，賴田樂緩緩地、緩緩地埋入男人的肩頸，嗓子帶了點鼻音：「我以為你對小孩子沒興趣呢，之前談到這個的時候還覺得你表情有點僵硬……」

「那是因為我不確定你願不願意，但現在……」夏德勾唇輕笑：「田樂，你知道當初我了解什麼是α、β和Ω的時候，第一個想法是什麼嗎？」

「什麼？」

夏德親了一口賴田樂說：「讓你生一打。」

Fin.

番外四

# 那些沒有說到的小情報

<1>

趙彥深刻地記得第一次問夏德想要什麼東西時，那孩子面無表情說『霸道總裁小說系列』的樣子。

<2>

夏德高中和大學都是被稱為『男神』的存在，還有『孤獨的一匹狼』之說，賴田樂則是過著半工半讀的生活，雖然和同學們都不太熟，但都會笑臉迎人所以大家對他的印象不錯，也收過好幾次告白信，有女生也有男生。

<3>

夏德無視別人的目光到什麼程度？在教室裡看起霸道總裁小說，甚至做了筆記，本來想去告白的那些人‥？

<4>

趙彥領養孩子的緣由是因為他的伴侶是劣性Ω，他不想讓她冒任何風險。

<5>

趙彥知道自己的兒子一直在調查著某個人，後來得知那個人就是媳婦後，心想不愧是他的兒子，媳婦就是要從小抓緊！（附註1：趙彥也是極優性α，附註2：趙彥的Ω伴侶就是他的青梅竹馬）

<6>

夏德一直以來都是喊父親，所以第一次聽到爸這個詞的趙彥窩在伴侶的懷裡哭了。

<7>

賴田樂有三個姑姑，小時候常被踢來踢去，最後留在對他算比較好的小姑姑那，不過小姑姑是愛玩的類型不常回家，就只是提供住所給賴田樂，剩下的賴田樂自己看著辦，那是一段挺寂寞的回憶。

<8>

以前賴田樂在自己生日的那天會一個人到海邊散心，今年則是有好多人幫他慶祝，他在大家的面前哭得唏哩嘩啦。

<9>

賴田樂幫忙吳雪雯趕走了糾纏不清的Ω，兩人的緣分從這裡開始。

<10>

後來夏德收購了那間酒吧交給賴田樂管理，在無所事事的那段日子賴田樂跟著夏德學了不少新知識，因此經營得也不錯。

<11>

夏德和賴田樂都不容易喝醉，但賴田樂喝到一定程度後會無意識地變得更加黏

人，夏德表示喜歡，來，多喝點。

<12>
賴田樂吃不胖，但也是練不壯的類型，夏德倒是有在定期鍛鍊，說是習慣，身體不動反而更蠢蠢欲動，哪一方面的賴田樂就沒有多問了。

<13>
夏德食量大，分化成α後變得喜歡吃甜食，最喜歡的蛋糕口味是草莓牛奶，賴田樂得知後只覺得他老公真可愛，偶爾會做甜點給他，另外兩個人的廚藝都不錯。

<14>
丁家的人夏德真的處理乾淨了，很乾淨，彷彿那些人從來沒有存在過。

<15>
賴田樂有時候就很想調皮一下，故意在夏德去工作時傳色色的照片給他，於是兩個小時後賴田樂就被趕回家的夏德打屁股懲罰了，甚至有過在夏德視訊會議時躲在桌底下幫他舔的刺激時刻，總之他們的生活充滿各種情趣和玩法。

<16>

夏德心動的次數挺頻繁的，例如回到家聽到賴田樂說『歡迎回來』他就會為此心動，賴田樂看著這麼說的夏德也心動了。

<17>

賴田樂偶爾回憶著過去說夏德的壞話時，夏德通常不敢說第二句話，因為當時的他確實是個混蛋，嗯，該罵。

<18>

賴田樂懷孕的期間，夏德動不動就叫醫生來，醫生累，賴田樂也累，所幸他的症狀都沒有特別嚴重，倒是在生的時候把夏德罵得一無是處只有大雞雞有用，第一胎是女生，取名為夏娜，是他們家的小公主，夏德直接寵得無法無天，然後一大一小就會被賴田樂罵，這個家地位最高的便是賴田樂，不過賴田樂懷孕期間的漲乳問題，夏德自行解決了。

<19>

丁恬渝至今都還不知道賴田樂看過自己寫的小說，知道的那天大概會崩潰，《皇女的後宮攻略》並不是她的出道作，出道作已經被丁恬渝列為黑歷史，而吳雪雯正是連她的出道作都看過的忠實粉絲。

<20>

賴田樂在遇見夏德之前並沒有任何經驗，以為自己的傾向是比他還要嬌小的β，當然如果有人問他是巨乳派還是貧乳派，賴田樂應該會選擇前者，不過後來才知道他的傾向是大胸肌，也就是可以輕易把他抱起來的猛男夏德，嗯，他就喜歡。

<21>

賴光悅後來切除了腺體，成為無性別，好像唯有如此，他的心病才能真正好轉。

<22>

丁曉唯對賴光悅一見鍾情，是她的追求下賴光悅才漸漸卸下心防，於是兩位Ω就在一起了。

<23>

夏德第一次抱夏娜的時候掉淚了，賴田樂也是，兩個人一起又哭又笑，後來第二胎是男的，取名為賴淟亞，比起姐姐更膽小害怕，不知道為什麼更黏夏德，有時候賴田樂的樂趣就是看夏德抱著淟亞然後拎著他的小玩具的畫面，夏德之前就有過不小心捏爆玩具的前科，當時姐弟倆一愣，一起找賴田樂嚎啕大哭，那是賴田樂第一次看到夏德那麼不知所措又無助的模樣，事後他笑了很久。

<24>
<25>

夏德從小就教導孩子們喜歡就要狠狠抓住，一開始他們不是很懂，夏德指向賴田樂，孩子們便懂了。

在某一個陽光燦爛的午後，賴田樂想起了他的朋友……

Fin.

# 後記

您好我是淇夏很高興又見面了！我的座右銘就是喜歡的 CP 一定要套 ABO，發情！生殖腔！讓他生一打！好耶瘋狂愛愛！是的我有喜歡（大聲）看完了第一集有沒有覺得夏樂甜分不夠？所以第二集的傻白甜霸道董事長愛上我就來了，很喜歡互相救贖的故事，也很喜歡那些命中註定般的巧合……恬渝問田樂的理想型，希望那樣的人會來拯救哥哥↓恬渝將哥哥的理想型寫成夏德，至於妹妹怎麼寫成肉文就要問妹妹ㄉ喜好了（恬渝：請不要說了）↓田樂被里斯選中↓田樂與夏德相識相愛↓夏德也穿越到田樂的世界拯救他，登登！還有因為這篇主要是想講關於夏德和田樂之間的故事，所以沒有太注重於關於丁家的描寫和後續，總之就是被夏總處理掉了，夏總威武！

有些劇情也有跟第一集的番外有關，希望大家看到後有覺得酷喔！還可以期待一下未來更多關於世界管理局的線索以及故事！

然後再來感謝一下！感謝持續追連載給我留言的朋友們、感謝購買此本書的你、感謝再次幫忙繪製好好看封面的 MU、感謝幫助我的編輯、感謝朧月、還有感謝我自己！淇夏的 BL 宇宙正努力持續擴張……！（

順便說一下第一集封面的夏德那麼兇，第二集卻那麼有愛，反差好好笑（夏德：

最後還是留了懸念給大家，不過他們的旅程暫告一段落了，從此過著幸福又快樂的日子是真的啦真的會發生，夏德可是開外掛的存在呢，現在倒是努力育兒中XD 總之我也希望能夠再與大家相見！非常感謝看到此處的你！

2022/05/10 淇夏留

高寶書版集團
gobooks.com.tw

**FH039**

**β的我為了活下去只好裝Ω了**

作　　者　淇夏
繪　　者　MU
編　　輯　賴芯葳
封面設計　Victoria
排　　版　彭立瑋
企　　劃　方慧娟

發 行 人　朱凱蕾
出　　版　朧月書版股份有限公司
　　　　　Hazy Moon Publishing Co., Ltd
地　　址　臺北市內湖區洲子街88號3樓
網　　址　www.gobooks.com.tw
電　　話　(02) 27992788
電　　郵　readers@gobooks.com.tw（讀者服務部）
傳　　真　出版部　(02) 27990909　行銷部 (02) 27993088
郵政劃撥　19394552
戶　　名　朧月書版股份有限公司
發　　行　朧月書版股份有限公司 / Print in Taiwan
初版日期　2022年8月

國家圖書館出版品預行編目(CIP)資料

β的我為了活下去只好裝Ω了 / 淇夏著.-- 初版. -- 臺北市：朧月書版股份有限公司出版：英屬維京群島商高寶國際有限公司臺灣分公司發行, 2022.08-
面；　公分. --

ISBN 978-626-96111-7-1(平裝)

863.57　　111008142